2011
中国最佳诗歌

主　编　王　蒙
分卷主编　宗仁发

辽宁人民出版社

图书在版编目（CIP）数据

2011 中国最佳诗歌/宗仁发编 . —沈阳：
辽宁人民出版社，2017.7
（太阳鸟文学年选／王蒙主编）
ISBN 978 – 7 – 205 – 08897 – 2

Ⅰ. ①2… Ⅱ. ①宗… Ⅲ. ①诗集 – 中国 – 当代
Ⅳ. ①I227

中国版本图书馆 CIP 数据核字（2017）第 016846 号

出版发行：辽宁人民出版社
　　　　　地址：沈阳市和平区十一纬路 25 号　邮编：110003
　　　　　电话：024 – 23284321（邮购）　　024 – 23284324（发行部）
　　　　　传真：024 – 23284191（发行部）　　024 – 23284304（办公室）
　　　　　http：//www.lnpph.com.cn
印　　刷：三河市同力彩印有限公司
幅面尺寸：145mm×210mm
印　　张：15.25
字　　数：365 千字
出版时间：2017 年 7 月第 1 版
印刷时间：2017 年 7 月第 1 次印刷
责任编辑：王丽竹　陶　然
封面设计：小　北
版式设计：孙志武
责任校对：郑　莉
书　　号：ISBN 978 – 7 – 205 – 08897 – 2

定　　价：59.80 元

序：牵着读者的手进入诗作

宗仁发

慰　藉

英国诗人拉金在谈到诗歌与阅读的关系时说："我倾向于非常轻柔地牵着读者的手进入诗作，说，这是最初的经验或对象，而现在你瞧，它使我想到这、那和别的，然后渐渐达到精彩的结尾。"生于上世纪 70 年代的中国诗人舒丹丹，作为拉金的一个重要汉语译者，她的诗自然会受到拉金的影响。当然，这种影响是潜移默化的，是并不遮蔽诗人个人经验的。这也或许是在诸多的诗歌作品中，舒丹丹的诗最先吸引我的目光的原因。我相信读者们在读到舒丹丹这首《一壶水的沸腾，或冷却》时一定会被她轻柔地牵着手，不知不觉地走进诗歌的意境，领略其丰富的艺术奥妙。

> 有时候，一场爱的发生
> 就像一壶水。
> 烧水的人将壶坐在火上，就走了。
> 壶在火上兀自烧着，
> 打破原本的冰度，慢慢变暖，
> 变热，直到
> 细小的水泡在壶里
> 左奔右突，找不到出口，
> 沸腾，将壶盖

顶起，仿佛就要

决堤而出。

突然，火灭了。

水退回壶中，

平息，收敛，冷却，

回归太初。

这一壶沸腾过的静水，

没有遇到过茶叶，

甚至没有被烧水的人

喝过一口——质变

发生在最深处。

　　它真的是平实得不能再平实了。显然，诗中所写的是人所共知的爱情。把一场无果而终的爱情波澜，用一壶水的沸腾到冷却来比喻，把人在世界上最复杂的情感困惑与尽人皆知的最平常的烧水过程巧妙地穿插在一起，熨帖而有趣。这样，一首真正的诗就应运而生了。但这些只是这首诗粗略一读，轻易就可以获得的感受，仔细玩味，它又绝不是那种浅尝辄止。在这样一首书写爱情的发生至消失的诗作中，甚至你找不到哪一句诗是属于宣泄情感的。在一层一层情节的诱人描述中，隐藏在文字背后的理性衍生也在同步推动。它在读者获得的共鸣中吻合了你相似的情感经历，也给予你某种慰藉。同时它还有另外的更多的东西蕴藏在里面，等待着你去发掘、体悟和再获得。爱情不知不觉地燃烧起来，壶水的温度发生了改变，直到沸腾了，要决堤而出。然而突然间火焰熄灭了，水不得不退回去，平息、收敛、冷却，似乎对所发生的一切是否真的发生都会产生怀疑。因为这一壶沸腾过的静水既没有遇到过茶叶，也没有被烧水的人喝过一口。但这样的壶水风波带来的结果仍是深不可测的。质变发生在最深处，即人的内心的深处。这种质变所包含的不仅仅是情感燃烧到寂灭的痛苦，也不仅仅是具体生活回忆的凄凉和忧伤，更多的是心灵之窗的封闭与爱情希冀的绝望。叶芝说过："人坠入爱河，爱上了会消失的东西/还能说些什么。"但诗歌的作用绝不会到此为止，它不会仅仅是种客观描述和记录，它会以某种方式抚慰你的心灵，它会使失败变成美丽，使挫折变成淡定，使慌乱变成安静，使一个结局变成另一个开始。

祈 祷

你可曾见过身后的光荣
那跑在最前面的已回过头来
天使逗留的地方，魔鬼也曾驻足
带上你的朋友一起走吧，阿斯加
和他同步，不落下一粒尘埃

天边的晚霞依然绚丽，虽万千变幻
仍回映你早晨出发的地方
你一路享饮，那里的牛奶和佳酿
把剩下的一半分给他，阿斯加
和他同醉，不要另外收藏

　　好久没有听到这样挥洒自如、散漫随意的吟唱了，在东荡子的《阿斯加诗篇》中已没有世俗生活和精神世界的界限："你一路享饮，那里的牛奶和佳酿/把剩下的一半分给他，阿斯加/和他同醉，不要另外收藏（《把剩下的一半分给他》）"，也没有历史和今天以及未来的标记："你可曾见过身后的光荣/那跑在最前面的已回过头来（《把剩下的一半分给他》）"，甚至生命的形态也无所谓存在和消亡："一个人的一生将在他人那里重现（《宣读你内心那最后一页》）"。诗人已成为呼风唤雨之巫师，洞察心灵奥秘的圣人和深不可测的引导者。阿斯加是一个宽阔草原上的自然主宰，也是一个在迷途者心灵之侧不停报警的闹钟，更像是一个虚无缥缈的影子，在若有若无之间、在似是而非之间、在云里雾里之间、在无所不在之间、在彼此不分之间，他一边倾听一边呼唤，一边劳作一边思考，一边行走一边驻足，一边赞颂一边质疑，诗人东荡子创造出来的这个诗歌文本"包含着极大的多样性和复杂性，这种多样性和复杂性影响细腻的感性，必然产生各种复杂的结果"（艾略特）。诺贝尔文学奖的授奖辞中提到艾略特在《玄学派诗人》中谈到的一个客观、独到的论点，即我们当代文明中的诗人只能是难以理解的。诗人必须变得愈来愈包罗万象，愈来愈隐晦，愈来愈间接，这样才能够迫使——必要时打乱——语言来表达他的意思。东荡子的《阿斯加诗篇》可视为是一次在诗歌文本意义上的有效尝试。与其复杂的丰富的文本对应的诗人的心灵则是十分单纯的。东荡子说："每一个人本质上都是简单的，因为人本没有心；又因为人给自己设置了一颗心，人更应该是简单的——心是易燃品。没有杂质。充满性情，性情就像液化气一点即燃，纯净地、充分地放出蓝色火苗，所以每个人本质上都在燃烧，都是一首诗，都是一个诗人。但一个纠缠复杂的人不会有真性情，不可能率性燃烧，因为复杂，或别有用心，心便有太多杂质，太多困扰，一个深陷困扰的人值得怀疑。"这也许正是世俗之人常常会把诗人视为另类的根本原因。而在俄国诗人季娜伊杰·吉皮乌斯看来："我确信，对韵律、对说话的音乐，对内心战栗转化成准确的语言的抑扬变幻——永远和祈祷的宗教的、彼岸世界的，和人的灵魂最神秘的、最深刻的核心相联系，所有本真的诗人的所有诗歌——都是祈祷。"

思　想

思想这个几乎经常让诗人回避的大词，今天又重新被严肃地提起。打扫掉多年沾染在思想之上的灰尘之后，诗人们甚至会觉得它是须臾也不可离开诗歌的。关于文学作品中的思想问题，巴赫金在谈到陀思妥耶夫斯基作品中的思想时，早就说过："他创立的是思想的生动形象，而这些思想是他在实现生活中发现的，听到的，有时是猜测到的；也就是说这是已经存在或正进入生活的富于力量的思想。陀思妥耶夫斯基具有一种天赋的才能，可以听到自己时代的对话，或者说得确切些，是听到作为一种伟大对话的自己的时代。"由于"思想在他的作品中成为艺术描绘的对象，陀思妥耶夫斯基本人也便成了一个伟大的思想艺术家"。在当下中国诗坛，对思想的重视，可以说诗人朵渔是最为突出的代表。他在阐述这种观点时，写下了

《诗人不应该成为思想史上的失踪者》。朵渔发出了这样的追问："我们是在一个什么方向上创造自己的传统？什么才是我们内心的道德定律？我觉得我们的出路还是在于精神。这精神关乎我们的良知、视野、识断、创造力和行动力，而其指向首先便是这'满目滔滔'的时代现场。诸神缺失的时代，如果连诗人们都心志凋零，成为思想史上的缺席者、失踪者，谁又能来安慰这小小的灰暗的人生世界？"本于此，朵渔进而把诗人的诗歌创作观进一步上升到道德层面。他在另一篇题为《羞耻的诗学》的文章中，从个人的角度总结了新世纪十年的诗歌历程："我认为'羞耻'可以规范一个诗人，我愿意修行一种'羞耻的诗学'。知耻，方有勇，方可与虚荣对抗一阵。生而为人即知耻，生而为国人就更应知耻，生而为诗人那就是耻上加耻。"循着诗人的这种诗歌创作观，恰好找到了朵渔今年发表的一组诗就叫做《我羞耻故我在》。尽管朵渔的《我羞耻故我在》从艺术上看并不具有一种组诗的整体感，但在主题的指向上还是殊途同归的。在雪夜里与青年同行的路上，我们看到了诗人"还可以迎风流泪时，结出少年的冰花"；在生存与毁灭的困境中，我们听到诗人的祈求，"上帝啊，如果我拥有一点私人的真理，你能否赐我一个饭碗"；在妥协和坚守的选择上，诗人说："我们不停地挖掉自身的基础，以便让自己更加孤立。"这样有思想、有担当的诗人虽不能说十分鲜见，但其阳刚、其风骨都是令人充满敬意的。《文心雕龙》中说："诗总六艺，风冠其首。斯乃化感之本源，志气之符契也。是以怊怅述情，必始乎风；沉吟铺辞，莫先于骨。故辞之待骨，如体之树骸；情之含风，犹形之包气。结言端直，则文骨成焉；意气骏爽，则文风生焉。"说实在话，我们对建安风骨的传统已渐渐淡忘了，这种能与时代相对应的写作越来越显得稀缺珍贵了。也许正因为如此，当看到并不为大家知晓的诗人赵云良一首题为《黑暗里的骨头》的诗，出现在一大堆杂乱的诗卷中时，立刻使我感到眼前一亮。"在黑夜/我数着自己的骨头/书里说/我有二百零六块/它们常常被我忽略//我用食物喂养嘴和胃/它们懂得干渴和饥饿/我用书籍喂养大脑和心灵/它们懂得空虚和宁静/我用色彩喂养眼睛/即使是暗夜/它也想看见世界的真相/而我，忽略了骨头/在庸常的日子里/我不知道骨头代表一种信仰/它们是如此沉默/像不曾存在一样"。在时代的眼花缭乱中，在生活的纸醉金迷中，在精神的六神无主中，诗人难能可贵地注意到了那沉默着的部分，并谛听到一个"我以我血荐轩辕"的声音。诗人要唤醒，"这些藏于血肉之中的骨头/这些需要苦难和思想喂养的骨头/这些没有撞击从不说话的骨头/这些安静得仿佛不曾存在的骨头//你们啊/能否将夜幕支起/让黑暗里的眼睛/看到属于我们的黎明"。劳伦斯在评价惠特曼时，就认为艺术的首要作用是载道。但是这道是富有激情的、含而不露的道，而不是说教。这道要改造的是你的血性，而不是你的理性。先改造血性，然后理性就会随之而来。白居易在《与元九书》中明确提出的"文章合为时而著，歌诗合为事而作"的文学观，今天看来仍不过时。诗人可以不在意读者的数量多与少，但不能不在意读了你的诗的人在你的诗中究竟找到了什么。

2011 年 12 月 1 日

目 录

一壶水的沸腾，或冷却

舒丹丹

距　离

我坐在音乐会最遥远的角落。
我头顶的星光。
我的梦和我的生活。
我和我的影子。或者，我和你。

无不在提醒我，距离。
我安于万物间的距离，
就像我并不奢望
我头顶的星星能离我更近。

坐得再远，美妙的音符，仍会亲密地吹拂我的耳朵。
我头顶的星光，也慷慨地照耀着我。
偶尔，我的梦也会开恩，俯下身来亲吻我的生活。
我的影子，永远以距离的方式，忠于我。

而你，放飞一只白鸽，
它扑喇喇朝我飞来，
因为路途遥远，它飞累了，
我会更温柔地抚摸，它洁白的羽毛。

交换秘密

我上山，下山，自在如鸟鸣。
像一片新叶蹿上树梢，我加入这仲春的风景，
与一座春山交换秘密。
山路上，我陆续丢掉一些汗水，忧郁，和孤独——
假如还有什么是我不能背负，

也大可以把它丢掉。
溪水从鸟喙里流出，
苍兰花在缓缓打开自己。
我体内的一棵松树，动用它所有的枝叶和我低语，
我听见，一枚松针的刺痛融入猎猎松涛。
即使生活只是大梦一场，
总会留下些什么有迹可寻。
我朝山下掷一颗石子，
很快，它就被草丛和暮色吞没，
但它握在我手心里的感觉，
和它划过风声时发出的呼啸，
像在提醒我，
那是我与命运交战，或妥协时
发出的回声。

一壶水的沸腾，或冷却

有时候，一场爱的发生
就像一壶水。
烧水的人将壶坐在火上，就走了。
壶在火上兀自烧着，
打破原本的冰度，慢慢变暖，

变热，直到
细小的水泡在壶里
左奔右突，找不到出口，
沸腾，将壶盖
顶起，仿佛就要
决堤而出。

突然，火灭了。
水退回壶中，
平息，收敛，冷却，
回归太初。
这一壶沸腾过的静水，
没有遇到过茶叶，

甚至没有被烧水的人
喝过一口——质变
发生在最深处。

湖　山

你带着一方手帕就进了山，
白手帕可以包几声鸟鸣。
爬山要趁早，春是破晓时最好。
你愿赶早而来，只为隔着一座山
看一眼山下的湖水。
你想把手伸进湖里，
拨动一下湖水的心弦，
让那神秘的涟漪漂得再远一点。
湖对岸，一只蝴蝶在教一朵蒲公英飞。
来自天赋的邀请，总有一天，
会通过蝴蝶的翅膀找到你。

不再说爱，也不说孤独，
你和湖水的影子，映满一座敬亭山。
一个走在风中的人，
又何苦执著于握住风？
有时候，命运虚无得像白云，
你却在这座山中存在过。

一天中我钟爱的时刻

早上六点半，我梳洗出门。
墙角一蓬芭蕉抽了嫩芽，新绿逼人眼。
晨风中的枝叶多么舒展，我忘记了
昨夜的骤雨和它们卷曲的忧伤。

下午四点，一天的工作已经完成。
我缓缓走过山间，停在一棵樟树下。
随口打声招呼吧，向头顶一只小山雀。
满山的风声，顷刻化作鸟鸣与我回应。

六点钟我在菜场摊贩间，流连于
菠菜，番茄，和豆腐。我无意在蔬菜的叶脉里
找寻生活的意义，但的确是它们，
帮我一次次溶解，突如其来的虚空。

夜里九点，我走在浓雾的树荫下。
有时，我感到一阵孤独来袭。有时，又觉得自己
并非想象中那样孤独。我仰望夜空，
至少，我被满天星光垂爱着。

原载《桃花诗季》2011 年秋季刊

波　澜

吕布布

在那些永无休止的波澜里，我要分开暗光，遇到二月的春泥就迎上去。

——2010.12 题记

1

惟有在深夜，雪更懂得草木的沉重。
"但左右自己的黄栌，在暮秋就应是了结。"
我强抑住这懊悔，十二月了，
雪越来越薄，我不得不用身体捂住这热病。

仍要敢于献身，要为他人的自保做好参照。
并继续信赖马刺锥过胸腔的痛感，微微的折磨。
假如还能再进一步死，就去傲慢，去历经水，
将愤怒类推为波澜，并拉深起伏的两面。

那旋转并冲荡的节律令人迷恋，仅去驳斥
它静下来的可能。
从早晨到夜晚，我更倾向于一个偏冷的词，
节制和磁性，在冬天很容易就热了。

2

这一天开始变得缓慢，星辰萎缩或打滑，
以简单的冥想所带来的微光发光。
这是我此刻的平静。生活锐利的细节开始变钝，
今夜，谁感到冷我就能给谁一颗得到宽慰的心。

一个人应比他周遭的人更懂得结束的意义。
"所以，他们的优点和缺点的重量是一样的。"

我已记住弃绝，演奏后还要第二次演奏。
这不是游戏，你廓清了我体内全部的爱和谎言。

但清晰就是残忍。谁能免于不被过去重塑居所，
不被冰与火反弹，不被重毫玄响？而我
还要削尖一枝铅笔，保留更细的品质，
将年轻时盲目的爱，写入晚年的教诲。

3

好日子就在门前晃动。我找不准点，
我的热情是用污泥养粗准枝，以期待更宽的荫凉，
更黑的乌鸦。再贫穷我也不会变出这些，因为
没有人能像我一样，更忠实地善待不幸。

我深信的树，总有我为之坚贞的一棵。
黑到恼火的乌鸦让我们活下来，
并走向更深的水。
我已经受够了，这里腹式的温暖和命运。

余晖意味着堕落！我渴望比它活得更短。
我不敢再往新的河流吐出胃里的黑汁，
吐出易懂的伤疤。事实上，新很快旧了。
这是我厌倦的心理在驱使。

4

我的静脉变深，让我不敢伸出求救的手。
"凡是伟大的人，都是内向的。"
我要有效地沉默，坚持过整个冬季就能飞翔，
这是你们可以想象的醒来。

经济已无法控制过暗的地方。
次贷危机下的处境，是联姻的机遇。
充分肯定我们的今天，那束火已在闪耀中加速，
在水流反复的冲洗中加蓝。

我的权利也可以松下来了，在岸边思考，
硬也会低迷。我再也不会作无谓的坦白，
若是为了说清内心的波澜，我会选择身体的俯冲，
持久地把自己献给锋刃。

5

我能说清的闪电，其实就是一道闪电。
被另一道闪电错误交叉后的轨迹。
比爱还荒谬，"我请你带上傲慢来我这里。"
外省也能狂热，但最终还是空虚。

集体给过的力已还给集体，现在我只能软弱，
在大街上忘怀曾经的光荣。

爱就是蛮力！粗糙的人总自信而沮丧，
理想已占去我薄弱的一年，机会还剩下多少？

漆黑是爱的保证。当一个人渴望光，
就注定被别人掌握终生。所以，年轻时，
看待眩晕要有看待死亡一样的惊骇之心。
我就是这样怀抱一生的露水。

6

活在河流隐秘的底部，须做好亮相的准备，
并随时准备倒下和澄清。
最好是让我表达出水的高亢。假如这样仍引不出雨，
就让我升起，化为那最纯的一类。

谜团面前，"我只能直面汹涌的大海。"
多数人，都愿意看见别人的动荡和漂移，
以使他们内心的迁徙更明亮。而我
永无安定，头顶双旋的人不会端庄。

遇到祸事就迁怒于性。我假设这是真理：
体制内的权力将虚空填满，最终只能在
体制外射精。对此，我相信了很久。
实际上这都是个人内心的纠结。

7

好在我记住了那时的波澜。并参与了一种火焰，
多么寂静！抽象二月的变奏，
其实还未经历一次启示。而心之晦暗
反策我四处奔腾，让我用一生去拨亮那束粮草。

当真拥有了十个春天，我是否可以压低声音，
说出死，并敲出多重的混响……
这已远远大过于我的最强力。
此刻，或者说一直以来，我只想下雨。

我所热爱的一切都是短暂，连生命也是。现在，
我看到了最易描述的事物，新的波澜，
呈闪光和黑暗两种品质，向着我的过去
或未来，更自由地葵涌。

原载《中国诗歌》2011 年第 6 期

厕　所

侯　珏

香　皂

在孤独的日子里
你就是我
很早以前你就是我
有棱有角蹲在某个位置
等待一只手的出现

苦涩年华
我爬上家乡的山坡
让汗水滴在岩石
和母亲一起怀抱稻草
迈过山脚的小溪

我和家人把生活的艰辛
吃进肚子
你把我们的双手洗净
仲夏夜的星空
父亲打开千里光
带我到村前的河流里

享受月光，与你一起
互相抚摸

但我们同时都
患上了青春的热病
时光之水冲走我们的身躯
你回不到盒子
我无法返回老屋安居
相濡以沫这些年
你在我手上变瘦
而我却在别人的手下发福

你换了很多名字
我逃离了很多地方
但我们都无法避免
趋向圆滑的命运

镜　子

它在街道两边走动
沉默不语
许多张面孔偷偷看它
都无动于衷
比影子还寂静
比刀危险

知道美的人
总在春天流泪
一天清晨
它告诉我一个秘密

肉眼永远也看不到灵魂
真相在镜子后面
每一张照片
都比我们自己年轻

抽风机

从生活的囚笼生出
隐秘的翅膀
一万只蜜蜂和一只无形之鸟
在墙壁内部飞翔

新鲜空气通过门缝
涌进来
然后被理想的黑洞抽走
人在风中失灵
不知是房屋在飞
还是心脏在飞
沉重的铁屋困住手脚
唯有闭眼

倾听旋转的世界
在头顶上升
仿佛龙卷风掠过海面
仿佛群鸽冲向蓝天

便盆

理想空虚
物质落到实处

行尸走肉的一天
终于到站

饥肠辘辘或山珍海味
贫富并不悬殊

踩着人民的肩膀
你可想到菜园

伟大的灵感
总在孤独中产生

蹲下来
这是最孤独的时刻

粮食在哲学中腐烂
神变成人

花　洒

解开扣子，脱下衣服裤子
回到最私密纯粹的空间

现实总让人想哭
这不是矫情，而是莫名的悲情
鲜花插在大粪上
美女手牵着野兽的手
愚蠢的官员将你回家的马路剖腹
像臭蛇一样丢在那里不管

当这一切被看见
失望和怒气便油然而生

摘下花洒，像一柄如意握在佛的手上
热的或者冷的雨随意转换

但大粪和鲜花是合理的
野兽和美女是可以的
世上所有愚蠢也都无法回避
愤怒伤肝，牢骚断肠
既然事情在不断滑向理想的反面
你为何不能转移视线

水声停止，花洒静静地挂到墙上
等待下一次盛开

因此你顿悟：所有飞驰的骏马
不必为乌龟的缓慢而悲伤
所有迎接黎明的雄鸡
无须理会肉猪的懒散
所有追求自由纯洁生活的人
手拿花洒洗澡
想起有毒的世界
就会更加爱惜皮肤、健康与家庭

毛　巾

黄土地上的黑面孔
在白色的头巾下张开黑眼睛

太阳像沉重的铁锅
被农民们从黄河长江里抬起来

铁锅是万能的胃囊
把刀枪熬成热血，把大米变成肌肉

祖国在汗水中诞生
从毛孔里流出的汗水汇聚成河流

曲曲折折，历史汗流浃背
潮湿的污渍散发着臭味

就像一个刚从雨中回家的人
祖国需要一条干毛巾

原载《麻雀》2011 年夏季号

新作十首

代雨映

大　端

骨骼里日渐坚硬起来的
孤独和分明。
与世间规则的对峙。
清朗的风月,
山虚水深,
万籁萧萧。
我看到自己带着这样的自知之明:
"世界空阔,你总在底处。"
而这是一件郑重的事。

小道明月

莫须有,人影。
莫须有,秋风。
人影还是人影。
秋风还是秋风。
今夜明月又来照临,
谁在为我们叹息?
万籁俱静。

这动荡不安的人世

便于美，便于真实。

对于美，人总有与生俱来的饕餮

世事有大美

万物有终归

今夜你赠我以月光，清凉满裳

我们互为倒影。

一阵风吹过来，影子还是不碎、不乱。

我止住脚步，其实

你在南行，傍晚的火车

带着大海的味道离开

"手机快没电了。"

——时间考验一个人内心

孤单的气息

我想，

没有谁知道一滴夜露的战栗和疼痛

对于美，人总有与生俱来的饕餮。

如果我能使一颗心免于忧伤

美丽，大好。

情怀，大好，

这个深秋有一股透骨的清香。

如果美是奔跑的。

是稍纵即逝的。

如果，怀远人

如果，思无邪

如果，我能使一颗心免于忧伤。

无　题

石桥在暮色深浓中露出优雅的拱形轮廓。

一轮沉静似水的夕阳，漂在桥下。

古老的石板湿润苍翠。一寸一寸幽凉。

有人点着香。有念经的声音。

有小小的石佛雕像。

我们的一生，其实就是从此岸到彼岸的过程。

我们也需要停下来，看看这暮色夕阳。

地　空

——读贯休佛偈有感

一骑瘦马，半地残月

我也偶尔说到孤独

说到血性、沧桑，还有爱

不曾携一瓶一钵

落魄江湖

半生潦倒一川烟雨

却见万水千山

垂垂老

的的来

底　牌

我幻想过自己的死亡：一把刀子有神迹的威力。

我写，画，唱，或者演

丢魂，拖流水袖，逡巡

有洁白的真理和黑暗的阴影，一起

出现。

一瓶大丽花开得绚烂，生命难以自禁的

热烈芬芳

坚硬，或是软弱，各有比衬。

如果我致命。

如果我说，它始终是

最知己而高不可攀的情人。

在疼痛中奔跑

反复地，我说到一些词

比如，爱，疼痛，奔跑

比如，伤害，无望

我们还未能停下来，在彼此的

眸子里

飞

火车远远地奔驰

所有青春的

愚昧、忧伤

呜咽过

时光一截，一截

平静地延伸

你是我多愁多病的村庄

一个河汉密布的地带，弥漫的水雾扑面而来

我的血管业已成为那条河流的支流

淌过岸上回荡的童音、粗糙双手搓出来的牧歌

用竹竿将船轻轻荡开

多少人曾以候鸟的姿态掠过你充满水声的双瞳

一个村庄在一部边缘泛黄的典籍里呼吸

时光和回忆隔着河流遥遥相望：

七月流火，九月授衣

多病的桑树林已经长高

一句小诗是在傍晚写成：家书抵万金

祖母布满褶皱的手一针一线地纳着鞋底

——十五年前，我曾瞪着它们爬阁楼、看星星

夜风吹过院子里的梧桐，送来一股好闻的清香

说到捏泥人、吃桑葚，最好我是绿衣的人儿

披一身露水飞奔，被自然之手捧着交还自然

"痛是多深的牵绊"，而我愈与童年的自己接近

月夜在消瘦，一颗湿润的心

懂得鱼儿的秘密，为简单的歌儿旋转

……

在这儿，我终于可以坐在田埂上

向你倾诉：孩提的风筝被谁抢走

我骑着马的皮影路过了爱情

"六畜清吉，丁口平安"

古老风雨桥头的石碑上，刻着这么一句话

我骑着马的皮影路过这里，向着你的镜子里看：

春天就出现在眼前了

一个女子旋转着身子，溜向时空的井台

豢养马驹、乳燕，触碰诗行的栏杆

又一个季节就在檐下筑起了信誓的巢

说到钟情，张望，时间的蚕食

她身上就时不时地掉下一些刺

——疼痛足以让你记住她

缺血、糊涂而狡黠，这就是她

面目娟秀的楼阁女子，发辫松懒

孤寂却是手执的牛角梳，在一场浓雾里开始传染
你们浮萍般漂散又聚拢
（——没有什么能掌控我们人生的水流，犁铧的
锋刃有时并不悦人）
但终安定下来，在门口的对联写上：日月清明
像祖先日复一日信仰的那样，燃烧艾草、藿香
趋避蚊虫、邪气和寒冷
玉米、豆角、孩子，是你们花耗一生侍弄的事儿
你与她相守星宿、纸窗，还有皱纹……
你穷尽毕生地做着这些，在一个黔南雨季里
穿越纯寂静的玻璃，如水回归溪流

原载《山花》2011 年 1 月下半月刊

致歉书

弦 河

致歉书（一）

我们走得很近，仿佛两片重叠的叶子。
它们有着春天的冲动
"你不能像上次一样说出想抱我
我理解你的孤独"

再怎么说现在也是朋友。
越过朋友的界限我们就不能是朋友。
更不可能成为恋人。
整个夜晚，我们仿佛还有很多没有说出的话。

它们多么像家乡的老树，在秋天温暖的时候
开出白色的花
白色并不是要代表什么
也许有红色的花也开着
我们没有看见
我们只是想，在冬天来临时
但愿温暖能满足它的愿望
但愿所有一切春天的梦

得以实现

告慰秋天掉落的叶

致歉书（二）

我伸出手，是否能抱住你

我光着身子是否能温暖你

身体或者内心，生活或者精神

以肉体换取身体的温暖

以灵魂换取精神的温暖

我给你一把刀并没有恶意

可是今夜过后，但愿你能用那把刀

杀死我！分离我的肉体和骨头

它们也不能组成完整的我

它们需要一把火燃烧

死亡或重生。但我知道

今夜过后，毒瘤种子种下，在该发芽的夜晚

发芽，生长，并且深入骨骼

我在你面前光着身子

你哭泣，像唐朝的女子对着一面镜子。

致歉书（三）

掰开的花卉透不出属于她的香。

我们是黑夜的凶手。

每一个人从出生就带着一把刀

有的人用它来杀别人

有的人用它来杀自己

但自杀不会就这么死去
走一步就割掉一块肉
疼痛抹杀睡意
我们让风从遥远的地方追来
我们是它的奴隶
我们在它的奴隶性下
承受自杀的痛苦

我们想叫出声
就像午夜闺房的女子喊出羞涩
我们强忍着

致歉书（四）

要走多远的路
我们才能勇敢说出声音
生活给我们一把生锈的刀
我们年轻
我们磨着生活这把刀
我们不说话
我们说不出话
我们失去说话的勇气
我们失去说话的权利
首先我们失去择选权

致歉书（五）

在那里走了很远，我在门口。
等你

（仿佛就是为了等你）
我才听到门响动的声音

有人从屋子走过，然后屋子失去脚步的声音。
有人在屋子里喘气，然后屋子失去呼吸。
这是一栋不高不矮的楼
我们不在上面也不在下面
这样，仿佛我们不在外面也不在里面

我们屏住呼吸
聆听两个世界会不会同时震动
声音都是从震动开始
今夜无雨，但我们看不见天空是否有星星或者月亮。

原载《特区文学》2011 年第 1 期

致歉书

唱词里的流水（组诗）

冯　娜

藏地的风

一匹马跑过来　请它制服我

让我听到铃铛乱响　不再毫无头绪钻进蜂巢

还有不远处的荞麦花

不忍再打断她们石白色赭红色的交谈

我耐心地等待藏历的新年

他们从皮囊里抽出明亮的藏刀

我与星星都跟着闪了一下　再一下

看月亮磨成磨盘

奶白色的雪顺着淌下来

再过上三十天　我会从山坳最深的地方

把高原的心窝子都吹绿

邮　戳

勒杜鹃高过了屋顶

蜂鸟隐进叶子与叶子之间的阴影

世界停顿在安静的光线中

一封未封缄的信

邮路在远处独自芬芳

此刻　我也不愿意告诉你
我在树下看见翅膀微微翻动
亮出了它们的谜底

幼年时代的彗星

我准备好了　一个夜晚一双肉眼
母亲的手在空气中画出圆弧
光芒由远及近　破碎的瓷瓶

越来越稀薄的金粉
一颗星球对另一颗星球投下狭长的一瞥
它什么也不带走　我的眼睛眨也不眨
母亲说出它拗口的名字
我幼小的心被它的尾翼轻轻扫了一下
它曾经照耀过　仰头观望它的人
在什么样的光年里
他们为自己的宇宙欢欣哭泣
星球背过身　我即刻生出成人的骨架
所有眼神都被大气层摩擦
我肉身单薄
地球付出百年以内的许诺
彗星迟迟不再谋面　哪怕是其他一颗

小木匠

雕花的门窗已经过时
翠竹和仙鹤还困在掉色的油漆里
用手摸一摸　木屑还长着刨刀的细舌
凸起的牡丹　歪着头看它从木头中艰难盛开
一个影子半夜在刨花中来回地走

他听不懂方言

手上每天都有新的刀伤

月亮照着他和半匹马

每个早晨他的师傅都雕出另一头鹿

十多年后

我突然感到他在想家吧

油漆里落了灰尘

雕出的那些无名草木

也许跟着他走了长长的路

十多年前　叔父请回的木匠

带着一言不发的徒弟

至今走过无数雕花的短亭长廊

我再也没有遇见过它

流水向东

只有在蓝盈盈的山脊　胸腔里才有鸟飞出

扑棱棱地飞往牧马人身后的草垛

我的翅膀越来越轻

漫天的水　满坡的绿林都为一种色泽沉沦

七月初七　我们把山峦还给大地

把豹子还给深山

再把无端的爱和怨还给菩萨

听一个望不见身影的人在山涧里唱歌

他的声音羊肠小道一般忽上忽下

飞禽们从不追问唱词里的流水

它们向东奔涌

遇见高山时　轻轻地回头

采石场

扬起的粉尘让石头的记忆破碎

在采石场　石头是白色的头颅　断裂的鱼骨

是铁锹底下一棵蕨类植物的化石

空旷的石场　人们隔空喊话

烈性的机器掏空一座山的耳鸣

我多想一个漫长的雨季到来

对面山坡的石榴茶长出多余的枝蔓

石头的心事经不起推敲

植物覆盖它　流出眼泪

手推独轮车的人跑来跑去

石头滚滚　竟不能把一片树阴埋进胸膛

他戴紧手套和口罩

不让石屑硌疼他怦怦跳动的心

澜沧江

你从哪里来　巴颜喀拉是否已被群鹰之王盘踞

一千年前　你怎么流经坚硬刺骨的冬天

你带走了远房的婆姨　近处的娃娃鱼

更远处　村庄和地名一样密集

我还是硬不下心肠

把所有失散的女人都当成崖岸的礁石

也许有一万年了吧　我已从源头轮回到下游

野苜蓿在背阴处繁茂　一只鸟飞来啄食

仿佛一万年前　我的心被这一江水啄空

唱词里的流水（组诗）

在此后心痛的岁月里　缓缓返还

漓江村畔

阁楼上的游客百无聊赖
"炒田螺还是剑骨鱼？"
妇人手中的刀麻利地剖开竹笋的春心
竹筏下河——"早就不种地啦！"
捕鱼　拉客　为顺水而来的人编织花冠
柚子树顶着墨绿的蓑衣
"艾粑清香唷！"
孩子们知道掏出卵石的花纹　讨价还价
破败的祠堂中有人胡诌
"随缘随喜"
层层竹林围困着村落
我走到哪里都是笑靥如水的人
他们笑着　像汩汩远逝的漓江
擦过天边的山脊——
我没有察觉它破碎的蔚蓝
我不能说出任何谎言
吞下一千根针
我怎么能说出——
在古老的村庄　我成了最旧的人

山　歌

我再不能搬出一座大山
此生我不信还会遇见云雀
我也不以花萼的盆骨
坦承一根尖锐的喙

我宁愿抱住一截化石的残垣

猫眼石珠链如泪　已无法占卜

黑暗停在月球的背面

那些颤抖的河流

死去的誓言　腕间的银镯

那些被唱出的苦难　如长虹如爱情

如雾色莽苍　在鸟的翅间

此生　我相信了山脉延绵

并愿意这一切突然闪耀

在长歌中失传

原载《诗刊》2011 年 10 月下半月刊

唱词里的流水（组诗）

夜半歌声

储　慧

一

瓦片泛着绿光回到眼孔
午夜的手术刀在月色中绰绰有余
隐姓埋名的刽子手，是秋天里的罪人
当成熟的核纷纷从果肉溅出
我已与他划清界限

海鸟陆续飞抵墓地，进入墓道
哭殇的队伍，浩浩荡荡驶过午夜的拐角
在街上游荡
所有他经过的路口，黑夜渗透白天
乌鸦与孔雀已无法分辨
只有灰色的旗杆依然在水井旁
大声唱歌，歌唱那不屈的精灵

以黑为燃烧的午夜与温良的白
是两种截然不同的曲风
人与兽、他与我
在哨声吞噬头颅的年代，终将剥离

虽然他们曾经都被秋天拘禁过

二

夜在乱流的人群中不断扩散
我必须素面朝天，并在夜的根部
寻找出口。我素面朝天的样子有点可怕
我甚至忘了戴胸罩
我只能沿着城市的拐角或边缘，偷偷步行

不许注视我，更不能触摸我
盐花般洁白的、极度紧张的躯体

被黑夜笼罩的城市，划出了优美的弧线
也集中了流浪者不安分的眼神
到处是倾城美女，到处是石狮的眼睛
到处是长着钢铁般羽毛的鸟

毁灭或光荣，就在一念之差
燃烧或牺牲，在正反两只手掌间游离
毫不设防的欲望，比今夜的霓虹灯更艳、更浓
天生脆弱的我，站在经典的塑像前
再也演奏不出童年的欢歌

三

我必须瘦下去
我必须比橙子更白、更亮
我还必须在一场演唱会到来之前
补上两颗门牙
虽然，我还没有一匹骏马

月色，明亮而又清澈
倒映出我完美的唇线，饱满的胸脯
我有些兴奋、有些手舞足蹈
像超女迫不及待，期待一首主题曲
一首属于自己的主题曲

我必须瘦下去
我必须比橙子更白、更亮
我要赶在埃及艳后封棺前，红色的漂流瓶
遇到主人之前

四

此刻，我想到了秋的尾部，那组莽撞的词语
想到了大红福字忧郁的面孔
想到了被暴雨侵袭的秦砖汉瓦
在某个失眠的子夜
突然断裂。那些手无寸铁的群体
纷纷从午夜的弄堂，撤退
他们惊恐的眼神，像矗立在荒原上的电线杆
掠过坑洼与贫瘠，一遍又一遍在
某个角落里唱响

谁俘虏了这座城堡的主人
谁在流浪者的心头撒下一把盐
一把隐形的、即将融化的盐
当月亮离开沾满灰土的宝剑，当一张张
熟睡或麻木的脸，被神圣的神祇唤醒
我只想说一句话

占领我们肉身的不止是：饥饿、性欲、诅咒

还有烈酒，还有与草芥联盟的铜墙铁壁及

高挂于墙壁上亲人的肖像

……

原载《中国诗歌》2011 年第 7 期

一个人的城池（组诗选五）

夏　午

黑云压城

密不透风。是雷，是带着电的雷

轰隆轰隆，喘着粗气偷袭你。你的，战栗的

耳朵。紧闭的双眼。不曾受伤的小腹。大腿上

没来得及消退的淤青。脚指甲上那两小片

蓝。甚至你过于紧张的毛细血管。甚至你

排列得有些紧的骨头与花朵。热烈得

有些失控。你说，要下雨了。天色暗黄

让人心慌。但雷不管。但比雷还雷厉风行的是

带电的黑云。"如果雷打不动，如果这么多

这么多的雷，都无法打动你——"

你知道："黑压压的身躯，它无处不在"

哦，这小心眼儿的城池。这徒有其表的城池。这该

如何是好。该如何吸纳从天而降的神勇将领，让呼之欲出的
暴风骤雨，安静地抽身而去；于这小城狭且窄的羊肠小道
独留低垂的水蜜桃，在枝头。一颤一颤，芬芳欲滴

欢娱之城

烟火在人间，人活在尘世
一个人来，一个人走，孤单总难逃避

只要我在。我必燃烧，毫发不留
只要我在。你必有节日，日日欢娱

拥紧我。我酷爱，锦衣夜行
冲你撒野。我愿意，一生只有一夜

我血液着火。熨烫你铁骨中万千褶皱
我盛大绽放，只为你独揽好风光

若你走了，我的心也就散了
只剩空荡躯壳，装载人间苦雨凄风

短暂之城

知了短，蝉眠长
城府深厚，肉体单薄

你在泥沼地，越陷越深
看不到城墙上，夕阳正西下

不夜城

起先是一个　睡的女人

后来是两只弃甲的虫子

不。不。实际上，你并不知道

有多少只虫子，钻进了花心

使花事过于汹涌。"吱吱，吱吱——"

澎湃的潮水，一浪高于一浪

引起周庄，飞檐钩月

耳朵丛生。全然不顾

虫子钻心，露水湿重

东方即白，肉体将绿

明月千里照孤城

自有明月一泻千里

自有蛐蛐儿唱到天明

那你呢？这么多年

从一只椅子跳到另一只

突然发现，快乐原来这么简单

只是换换脚步而已

但每个椅子都有四只脚

每跳动一次都要抗拒

引力、重力、诱惑力

你想逍遥游，知北游，天下游
一念之间的事哪有个准啊
彼时亏，此时盈。丝毫不关他人
杂草丛生，月光下我只独自远行

原载《诗歌月刊》2011 年第 3 期

同 行

刘羽轩

打 开

等到门终于打开
风雨经过缝隙
发出声响
体内裂出刻痕
让柔软、坚定的音乐
离开自己而又回返

一片广阔的沙漠
容许湖泊任意移动
在温暖的地方
容许仙人掌
布满尖锐的刺
却拥有善良的暗示

想象自己将如何行走
如何饮食，如何填写表格
旅居在从未抵达的小镇
说一口流利的方言

带着怯生的口音

像是动物园里
住了太久的寂寞小兽
突然想回到
更远更大的草原
恣意孤独
恣意聆听夜里
树林动摇
草原上有脚步奔跑起来

同　行

只是在行走的时候
不想走到黑暗的地方
不想忘记每一双穿过的鞋
都有自己留下的气味

有的窗户会被擦得很干净
有的门永远不会打开
在长长的路上
你有时会来不及看见

因此我将转述风景
为你说说一条河
如何经过我们行走的城
说说，那些不干的伞面
如何让阳光变得老旧
如何长出微小的，灰暗的斑点

在夜里流泪，天亮时拥抱
并且不断暗示自己的心：
我们的脚曾经受伤
黑暗曾经假装成路人
在同一节车厢里
与我们一起安稳入睡

在睡得最熟的夏天

那是我们一再打滚的草地
从未隐匿，在睡得最熟的夏天
悄悄长出成群的蘑菇，娇小而安好
我们惊喜并轻声踩踏着经过
像是因着彼此的步伐与言语
横渡两座相邻大楼的
天桥也会微微震荡

而当阶梯往前走得更远
甚至蒸发泪水与尘埃，抵达我们
不曾在任何一场梦中观临的海岸
那时，请相信草原一直都在
尽管发须渐长，浮现波浪
衣柜里无数的帽檐都仍然愿意
继续成为人群之中最好认的标志
继续成为信约，留守在每一个有风的时刻。

分　裂

穿越许多黑夜之后
你回来，敲我的门
叩声在房里非常响亮

非常执拗
但我什么都听不见了
房里再没有人能为你应声

窗外的森林逐渐消失
你逐渐明白
阶梯之间掩藏的积水
都会被阳光曝晒、均匀干去
掉下来的叶子有的会被分解
有的无声无息，就可以留下

季节正在轮替
我为你织好的衣物
曾经穿了又脱，直到不能再穿
像松鼠们仔细埋好的果实
在温暖的土壤里
被遗忘了很久，很久

最后便长成一座森林
包围着我们
屋里的房间不断分裂
我们开始拥有自己的床
书桌上摆满的书
没有一本彼此都看过

原载《中国诗歌》2011 年第 4 期

《城市进行曲》

老 梦

I 死

不能眼睁睁地看着老人去死。
不能让任何东西夺走我们的亲人。
用亲情，用钱，用先进的试管。

可是现在，我害怕，吓人的老年斑
目光和枯手。
在旮旯间，不挪动也尽量摇摆身子。

我尽快回家，想起小时候
他对我的爱抚，他带我进行的玩耍，
人真是一下子就老了，尽管我们很不乐意。

II

烟青色洒满回忆山。
在这里，在那里，在两棵树上
有些痕迹已经消失。

害怕听到鬼故事，站起身
整个世界默然。蛇下身的女孩子
挥挥手，将整个天空带走。

这么多年，我不回答在山脚下有什么。
也不让你看到。
我的心里正酝酿着光。

Ⅲ

为了生活不像一场梦，请让我少喝酒。
多少年，你一直阻止着我
你的城市和我的农村颤动
像坟地上的两朵花。
你教我念"阴阳相携，万物生发"
教我向虚空拨出电子信号
接收脉冲光波
并按响14栋4单元4号的门铃。
终于一切都晚了。你从他家里出来
看到我一直穿过楼群，在路上
没有喊叫，没有牵导盲犬
只是看着红绿灯发呆。

Ⅳ

在黄昏，登上那座山。
回望山下的几点星光，

星云遍布在人迹，

灯光高悬于天际。

我们小时候成群结队跟着他们回家

长大后又独自将他们寻觅。

我记得扒过他家枣、打破他家玻璃

更是早早将她调戏。

到如今，匆匆演变了多少场戏

却总是，小乐趣，大别离

只将简历的雪花拾起。

唉，世界在举旗，我们在降低。

有时候该说说永恒的

却被人指点：活下去。

V

在移动电话里，你和我谈不理智的爱。

我只有倾听你，心想着华山上的云。

可我望得到华山的云吗？

怎么肯定在梦里是不是湿润？

在老家，放荡地躺在麦地里，

看云忽近又忽远的勾引。

也许，这就是里尔克说的美？

爱人，玄妙，磷光的幽深。

我指责你，没有用

我对爱也是如此温顺。

常常背着黑夜，在地上一站

就成了露水中流动的寒山寺重音。

VI 是的，我曾被拒绝

是的，我曾被拒绝

在他们的咖啡厅、在他们的公共道路

在我们的集中营、在我们的废墟

我怀抱出血的幸运

在金黄色的屠杀

在他送来的水、面包

一直不停地在弹中

在战栗中，沉默地尖叫

VII 花鼓 2009

有时候，真觉得人生无奈

总也吐不出郁结的星云。

可又能怎样呢？宇宙在继续

我们在狂奔。

不得不有一个人等着去爱，

不得不有无数事情等着去亢奋。

到发白，到年老，却还不是如此？

一堆白骨掩埋了花花青春。

却并不是如此。一抔黄土带着腥气

裹挟着蒸蒸朝阳，奉献出绿草的清晨。

况且还有鸟儿的欢叫，扑棱棱

在深夜里感受无限欢欣。

虽然说美是恐怖，生活过多无味

却还不是你的心思不纯?

总是小地球，大宇宙，更何况些许愁闷?

看来吧，看去吧，无非是一个水灵灵的滋润。

原载《新诗品》2011 年第 3 卷

被安静撞响

苏笑嫣

如果，你放慢脚步

很想就这样走下去　在时间的缓慢流淌中
如安谧的阳光　划过我们相扣的手掌　轻柔
我一路跟跟跄跄　需要你
放慢脚步　一次次　才能跟得上
磨满水泡的双脚　腐烂的气息
我不能允许你察觉到
掌心的温暖　在我的脸上于是你看到了
绽放

此刻我们并肩而行　隔着二十厘米的距离
二十厘米中　是所有我们共同经历过的日子
我将它们分成一厘米一厘米的片段
不　那还不足以
要细致到一毫米一毫米
细细掰开　慢慢回忆
我的心波澜不止　永不熄灭的
是你的名字

世界陡然变得很小很小　一切都已熄灭
风缓了下来　尘埃静止
还亮着的　是注视着你的
我的两只眸子　心中跳动的火
一支他乡的情歌　在这里　在我的心里
悄悄响起

可是亲爱的　能否放慢脚步
我怕我的指尖　也终是脱离了
你的温度
只能隔着你不曾回头的距离　在黑暗中
慢慢拼接你的影子

电池与发动机

上午九点四十二分　我坐在这里
一片空白
没有拉开的窗帘　没有打开的电视
没有启动加热的微波炉　就连喜鹊
也配合着　没有鸣叫
就像这一天未曾开始　所有的齿轮都
停止前进　而我安静坦然

又将闲置过一天的课　逃离单调的练习
逃离拥挤窄小的宿舍　和无谓的谈话
面对一片宁静　透过窗帘的阳光
假装心安理得　假装这世界本就如此静谧
没有纷争和厮杀

有些人是金属发动机　加足马力　所向披靡

而我　一只即将充满的南孚电池
不小心就　沾上了水　时而工作　时而停歇
不忘提醒自己是一块有电的电池
听着别人　说自己是一只发动机

被安静撞响

大地上长满枯黄的阳光
自下而上　它们缓慢地变软
越来越透薄　越来越安静
甚至比入了秋的
枯草　还要细软
时光既像变长　又像是变短
世界显得　大而空旷

枯草的身躯　轻微地颤抖
所有静谧的言语　都听从指尖的安排
而窗外　手中旅行箱突然跌落的
我　那一身红裙点燃了一片枯黄

你起身的那一刹
看见满满的黄色的叶溢出
在敞开的旅行箱　蓬松而厚重
于是你听见
窗子被安静的黄　突然撞响

原载《西北军事文学》2011 年第 3 期

诗四首

余小蛮

晨 曦

雪下了整整一夜

夜晚被

灰色的积雪和

新雪覆盖……沉默，还是沉默

雪地有薄荷的味道

也有

叶子冻伤后委屈的蜷缩

伤感，是凉丝丝的

就算隔着门窗，它也把寒冷

灌进我体内

它不安分

在窗帘后窃窃私语

天空发白，它才收起鬼祟的面具

郑重地

拉开另外的秩序

初　恋

你戴着西部牛仔的宽檐帽

就那么翩翩地

向我走来

脸颊有点发热

手足无措……

你打个响指

侍者就送来一杯加薄荷的

龙舌兰

绿得这样清爽

一瞬间

我是站在乐园甜蜜绿荫中

拿着苹果的女孩。

盗梦者

昨夜我还偷走你种下的玫瑰

钻入你的梦境。

我受伤了

但肯定没有偷玫瑰的诗人那么悲伤

你也没有篱笆——那月光也并不寒冷

你认真地睡着，戴着眼镜

（你说这样

能看清梦的细节

至少要看清梦中那女孩

是不是我。）

你居住的海岛上那轮明月

你呼出湿润的气息，在夜晚的海面上托起我

你闪出巨大的黑翅膀

眼睛如星

或者，请带走我

我不开心

我都快不是我了

原载《特区文学》2011 年第 5 期

飞　蛾

郭哲佑

小　寺

树枝间有错落的阴影
依序到此，我隐然察觉的行踪
那或许是你
或许是你虔诚的信仰
让我站在阳光下
继续往上

那些蝴蝶与杂草
并不知道供奉的神祇是什么
也渐渐占满了山谷
石上的字迹模糊
像线香缠绕在神像面前
缓慢燃烧
偶有人来，都是路过

除此之外，可能
也不是我能够看见的
如果一生只有请求安稳

听风穿过树林，阴影参差
说出发生的故事
希望你能原谅
我终究是更改了口音

来　历

时间依然是固有的
直到成为最后一位访客，我才明白
彼此都需要一些来历
去说服自己
容纳所有的爱与悔恨

夏天来得正常
天气时晴时雨，说过的话继续
成就一些挫败的人
身体尚未衰老
季节引领我们醒来
看无声的墙伫立
剥落，藤蔓缠住关键的环节
静静开花

那些绽放而未返的
记得我亲手致赠的书吗？一切情节
翻开前都已写定
看不见的路一样有真实的场景
让世界持续更改天气
访客已全部离开
我们都不要再保守秘密

演 技

有时需要一些轻盈
看看电视、电影
虚构许多事件
自由出没每一个场景

让所有与我无关的人物
都能冷淡地
往各自的结局远去

怀疑一切都没有用
收工了。看灯暗了又亮
以为黑夜过去，黎明已至
但什么都没有发生
你依然在这里：在窗外
最显眼的位置躲雨
在我与那些心机错身而过之后
终于回头，看见了我
但有时候不需要你
打开书，延宕这些飘忽的等待
雨水稀释了屋檐下的人
而一切事隔多年
一如往昔，我们还没说出
该说的谎言

飞 蛾

忆起关于你的一切
打开台灯

让故事穿透书页
温柔抚摸彼此的动摇

黑暗里，草木环环相绕
那曾是最不敢面对的
完美的神灵
如今他们成为了神灯
包裹我们
烟雾一般的意志

真相一直没有出现
越靠近光亮，影子越淡
越能看见自己灰暗的羽翅
但你告诉我
正是这种温暖
让人们最后抵达了天堂

原载《中国诗歌》2011 年第 4 期

回忆一台 1986 年的电视机

刘 频

阿尔巴尼亚香烟

掀盖硬壳

威武的山鹰图标

锡纸

二十支深咖啡色过滤嘴香烟

像二十粒压在弹夹的饱满子弹

能与它相称的，是一句电影台词

"消灭法西斯，自由属于人民"

1973 年夏天

一盒阿尔巴尼亚香烟

像出没于地拉那街头的那个反纳粹英雄

它指引一个孩子，躲进防空洞

吸入平生第一口烟

莫合烟味的阿尔巴尼亚香烟

臭脚丫味的阿尔巴尼亚香烟

至今

它散发出的

那种暴雨来临前的山鹰气息

仍在他的记忆里

猛禽一般盘旋
摁住他淡淡的影子

回忆一台1986年的电视机

今晚我忽然想到了它
一台1986年的彩电，飞跃牌，十八寸，上海生产
那是我的父母送给我们的
结婚礼物。那年我二十四岁，新婚，思想像一台新彩电一样活跃

一个银行行长的儿子，和一个铁路干部的女儿
在蜜月里，常常和一台彩电共度良宵
简单快乐的生活，就像仅有的几个频道，足以打发
安静悠闲的业余时光
在一所师范学校的黄昏里，学生们经常会看到
我和妻子，两个年轻助教，在散步
两个人，从大学校园过渡到一个郊外的讲台
书卷气，脸上没有生活的风暴
那时的妻子，单纯，美丽，依然散发着
珞珈山的樱花气息。女生私下里，称她为师范学校的
山口百惠。在《新闻联播》没有开始之前
向晚的散步，总是从诗歌开始的
我习惯于向一个历史系的毕业生，像神父布道似的
在余晖中高谈拉奥孔，艾略特，《月亮和六便士》
时常会情不自禁朗诵一些句子，有时
也讨论昨晚的连续剧中的某个人物
在时代中的命运。那时
两个新婚的年轻人，没有感受到谈话中
西西弗斯头上那块巨石的重量。晚风吹着
吹过了一路走过的竹林，水塘，草地

天色擦黑时，我们才回到一台彩电前面

在简朴狭小的新房里，一起看

80 年代的电视剧，在不时跳闪的荧屏上

用布尔乔亚的眼光

去看待剧情和生活的关系。中间夹杂着争论，反驳

一切都是如此美好

连广告画面和广告词，都觉得十分亲切

那时我们锁定一个节目，很少像现在

用遥控器，烦躁地，不停更换频道

十一年后，这台 1986 年的彩电，被我

以七十元的价格卖掉。我不知道它的下落，但我还记得

它老式笨拙的样子，那种 80 年代青年知识分子的样子

那个侃侃而谈的黄昏，从沧桑的脸庞消退

现在，那些形而上的问题

在一个处级官员和一个中学高级教师那儿

替换为生活中的具体烦恼，争吵

一台超大彩电，豪华，时尚，依然占据着

客厅中央的位置，但与幸福和爱情拉开了距离

两个中年人，在岁月的鞭影里劳碌，疲惫

我们不再为生活寻找答案

和大多数的家庭一样，只是偶尔在电视节目里

像一匹狂奔的马，暂时松松缰绳

在片刻的歇憩中，默默地喘息

原载《麻雀》2011 年春季号

诗四首

张牧笛

不知打哪来的雪

打破寂静的是雪
满面黄昏
多得就像白菊花
一朵一朵亮起
填满心里的空

不是被风吹落的
不是云的凋谢
这不知打哪来的雪
嘀嗒嘀嗒，它的潮湿
让我想到水的宿命

并非出自怜悯
我把这莫名的雪养在心里
抓住它银白的根，或许我能摇动自己
为被困住的声音
寻找一条出路

我仍然无法安静下来
冰凉的花朵变得刺骨
终于，唤出一个名字
落地时，轻得像雪
无人察觉

虫儿飞

虫儿飞，一只，又一只
像纯洁的火种
亮一些的暗一些的
都一样忧郁
裸露在空气中的狂欢
是凉的
仿佛从来如此
安静与疼痛
在光洁的夜幕下
无处藏身

也有焦灼和喜悦
像一场羞怯的暗恋
或许更单薄
只是谁肩上的一团尘埃
被风无限拉长
又骤然消失

我疑惑自己

怎么会对这样的翅影

说爱或者喜欢

会出神，流泪，不知所措

会原谅伤害，信仰爱情

会为万事万物祈祷幸福

更多的虫儿在飞

布满阴影的枝叶在它们的翅膀上睡着

我举起苍茫的手指

向世界打开

胸怀的坚定、纯洁和从容。

第一朵雪落在我的肩上

深入白雪的内心

绿色

突如其来

忽然想起一句话

雪化了是春天

第一朵雪落在我的肩上

像一块六角的奶油蛋糕

像一只小蜂鸟

扑棱着洁白的羽毛

猛地，被翠绿的鸟鸣

绊了一跤

那白色的辉煌此刻正折射在

我的心上

在寒冷的冬天
雪是我最快活的节日
零度以下
这一团团白色的寂静的火

我和一只山羊谈心

它在草丛咩咩地叫
微微张开黑亮的眼睛
天空摘下面具，石头长成塔尖
清澈的对视里生发出坚韧的花朵
此时只有夜的笼罩
只有纯情的芳香和呼吸
世界如婴儿一般安详

我和一只山羊谈心
谈到村庄、栅栏和粮食
谈到日益减少的鸟群和野孩子
谈到天国的车站，精灵的布袋，大地的尾巴
谈到赞美诗和昆虫
还有甜蜜与苦难，像暗器的光泽
在嘹亮的唇舌间放大影像

我看见语言，是一只倒退的车轮
比月亮有力
高贵的尘埃间，总有春天一年一绿

现实与幻想牵手，旋转上升
古老的草根高不可及

它的眼神出奇地纯净
像不曾遇到过谁
视线必经的路上，心事渐渐沉潜
予我
泥土般柔软的爱和善良

原载《天津诗人》2011 年春之卷

自画像（组诗）

李　辉

菠　菜

傍晚

妹妹送来一把菠菜

我一眼就看出

这是老家的菠菜

父亲在自家院子里种的

有点腼腆，有点土气

不像超市里那些菠菜

衣着光鲜，见过世面

洗

母亲在院子里

洗衣服。她使劲揉，搓

她试图洗掉

衣物上的汗渍，岁月的沧桑

洗车工在寒风中

用心地洗着

他要用龟裂的双手

洗去旅途的疲惫，艰辛

儿子认真地洗着
他的梦想。他用两百度的镜片
把那些错别字、病句
——洗去

妻子在书房里
清洗一台电脑
她要把隐藏的病毒、木马
通通洗掉

清洁工反复冲洗
路面的污垢，世俗的眼光
公务员小心翼翼地洗着
美好的前程

洗。洗。洗。一个上午
我不停地洗着。为了一顿放心的午餐
我要把食物中残留的农药、核辐射
尽可能洗去

一个小女孩要过马路

我看出来了
她想过马路

北京时间，下午三点
一个小女孩
站在马路边

东张西望
想要过马路

她身体前倾
有点着急
可马路很宽
车很多
速度很快

一个小女孩要到马路对面去
一个穿红羽绒服的小女孩
一个脸蛋比熟透的苹果
还要红的小女孩
一个像一枚新鲜的盖在衰老的
冬天额头上的印章一样的小女孩
要到马路对面去

没人注意到她
人们都很忙
人们需要生存
需要赶路

这是很久以前的事了
那个穿红羽绒服的
身体前倾的有点着急的
脸蛋比熟透的苹果还要红的
像一枚新鲜的盖在衰老的
冬天额头上的印章一样的
要过马路的

小女孩

不知她是否顺利穿过了马路

自画像

沿着黄河

这条无法剪断的脐带

一路走来

走过冰雪的原野

走过风沙的土坡

走过飞鸟的黎明

走过经幡的黄昏

走过风风雨雨

走过暮鼓晨钟

走过一个又一个险工

走啊走。走到中年

也没能走出

旋涡的命题。水草的宿命

一个清瘦的人在雪地里行走

一个清瘦的人在雪地里行走

这是 2010 年的第一场雪

雪下得很大

他试图离开熙熙攘攘的街道

雪后的街道像截盲肠

有点溃疡

他向远处的旷野走去

几只麻雀叽叽喳喳
尾随着他

他不紧不慢地走着
脚下发出嘎吱嘎吱的响声
犹如寒风敲击他清瘦的骨头

而旷野的空寂使他愈发清瘦
越飘越大的雪花
像流言蜚语纠缠着他

原载《诗刊》2011 年 10 月下半月刊

自画像（组诗）

诗五首

铂 斯

读 者

为什么？
你总是长着子宫
挂着两个不起眼的乳房
一边的大，一边的小。

为什么？
你那么喜欢撒娇
嘟嘴、打滚、造作声音
Anytime & anywhere。

为什么？
你心里有一个奥特曼
强大到，可以杀死怪兽
一见蟑螂，马上跳脚。

为什么？
你总是嫉妒，觉得不幸福
涂鲜艳的指甲

抽一根细长的香烟。

我总是
听见你哭，看见你笑
却还是不明白
为什么
你总是来看我写的诗。

吃你煮的鱼

吃你煮的鱼。
数翠绿的葱花，乳白的蒜瓣

你压低声音告诉我
这条面目可憎的鱼
煮了十年

我不晓得
这是不是个秘密
忍不住，告诉了别人

鱼骨是刺
藏在白嫩的蛋白质之间

看你大口大口地吃
并不在意鱼骨
在你口中折断
的痛。

十一楼王小姐的皈依

有一天，

她不再想念，某一个符号。
冰块，在香槟中舞蹈
果香藏匿，她的秘密
守住了，人们的忧伤
终成了，婚纱的颜色

换个发型吧，你是全世界最美的
她对着影子说
家里，四处是银质剪刀和她的头发
毫无根据的
描绘着她的生活

最后半截烟，像个等待乞丐的爱情
跟她的岁月一起
安静的，在空气中无聊地燃
那个女人
爱上了，自己。

絮（节选）

絮一

爱蔷薇
也爱它永不枯萎的刺

絮三

打坐，
沉一颗心到湖底，
不去过问，
她的冰凉。

絮四

起床

吃一份便宜的早餐

不想快乐的事

让懒惰蔓延

流入血液，渗透生命。

一切决定，

留给时间。

絮八

她的，神经看起来紧绷着，

有些颤抖，

像处在一场战争之间。

我躺在，云里，

喝着一杯凉了的咖啡。

才发现，

我并不热爱，

将 A 与 B 比较，

去发现它们有什么不同，

——因为，

我更 care 我的下午茶。

下雨天，上帝又奈何？

迷恋

空气里胡乱飞舞的水蒸气，一颗颗的，

细碎的，小珠子……

还有冷冰冰的空气。

就这么宅着。

雨滴

砸在尚有余温的皮肤上，清凉。

幽闭感流动在城市每一个街道，
这些可爱的、晶莹的小水珠子，
是神派来的使者，
探听人们心中的秘密。

她们倾听着世间所有的，
忧伤，
忍不住感伤，
泪珠渗透身体，幻化成雨。

如此美妙的阴郁天气，上帝又奈何。

原载《广西文学》2011 年第 1 期

诗四首

安　静

与我青颜

我正在苍老，往妇人的路上——
眼神久已不清澈，笑容早已不真诚
妈妈的鱼尾纹渐次显露在我的脸颊
我依然深陷在光阴的深处
不闻不问，故意遗忘一些情节

我正在苍老，往妇人的路上——
正是初秋时分，心境沧桑成秋叶的颜色
我与唯美的诗句相隔两段，我们惺惺相惜过
又没有言语地告别，蝉鸣还未落
我们已然陌路，心怀幸存的善念

我正在苍老，往妇人的路上——
看天时，飞鸟便是飞鸟，云朵便是云朵
已将我跳动而年轻的想象力遗失

饶是如此，每至月夜，往妇人路上的我
还是一遍遍心酸地回忆青春，想念故人

与我青颜——
我在月夜打捞，徒手，亦徒然

最后一页

书的最后一页
画着一段枯枝和心状的蝴蝶
旁边歪歪扭扭的字体上
有泪痕　或者——只是一段水迹

"如果有人有幸阅读到这里——
我可以告知你，我已经死亡"

铅笔画下的字迹　没有日期
捧着这本书　停在最后一页
翻来覆去　辗转反侧
预言　或者只是一段调侃
"我无力替你找寻凶手——
如果有人有幸还能遇见你"

良人未归

庭院深深，深几许——
手把几盏闲愁，握不住
秋末离别的满手故土
良人，自春天起身处远方
身处黎明和院落的远方

满野的黄花开遍山冈，绕过山头
远方丢弃的季节上，安插着几张
休憩的军旗——良人，在夜幕

沾着露水，沾着忧伤
画满诗笺一张一张

"只是一小段怜悯，哪生的
如此这般的怀念——"
良人还在远方，远方有水，有树木
有一杯又一杯忧伤。一切装不满整个季节
漫出手心，又安置在黄色衣衫，还用不尽

季节悄然迷失在昼夜的交界线
隔着同明同灭的时间　然而
良人还未归
良人还不归

泥土之上

雷声响过整个田野
我如同麦粒一样安静
不生长也不喧闹
我只是一株在灌浆的植物

关于这个季节　这些路人
我什么也不想言语
只想低头安心地思考一些过往
为何　一眨眼　便没落成泥土

冰冷之物

哑 哑

秋 天

在去白苍岭布料市场的路上

在车流穿行的桉树道上

在秋天温暖的阳光里

在辽阔的悲寂中

在靠窗的座位

我希望一个会吹口哨的男人

把我带走

冰冷之物

这些天的病

像是

很多年前

去骑　那条

山边荒弃的

公路

我们只是

两个

微小的点

而
公路那么长
我不知道
你是谁

无　题

一个人和
另一个人
如同
一片云和一场雨
或许没有区别
是先后顺序
非包含或
非并列关系
其实就是
没有关系
世界是独立的个体
这个想法
让我喝了口水
稍微安了心
你知道
我没有不确定
我仅仅
只是怀旧

女　人

在通向
郊区的小路上
倾斜的阳光

预示着

秋天

正在到来

走在这

荒僻小路的

女人 潮湿

身体内有

一个

停止延伸

的世界

越来

越轻的

轻到

几乎

没有了

任何恐惧

原载《自行车》2011 年总第 14 期

大时代的小诗人

季晓涓

木兰辞

我本木质

有着树的风骨

一棵女人树

风餐露宿　枝繁叶茂

我本兰质

有着花的风流

一朵女人花

招蜂引蝶　只为酿蜜

我本织女

唧唧复唧唧

褪去戎装当户织

忘记曾经替父征战疆场　血洒四方

啊，木兰

我抛弃一段又一段时光

抛弃一个又一个自己

横空出世

脱胎换骨

不为花开，不为木已成舟的今世

等你呼唤

大时代的小诗人

我不是博尔赫斯
一个大时代的小诗人
终极的目标也是叫人遗忘
我还没有彻底做到

驴　说

千万别拿驴都当做傻驴
即使你手握鞭子

小心你遇到的是一头
山东倔驴
地球已经调至震动状态

原载《天津诗人》2011 年春之卷

内心那一小点毒素（组诗）

曹　东

铁皮水管

趁着夜色　铁皮水管向前爬行

缓慢地

像怀孕的母蛇

揣着卵　小心警惕

掠过路灯的幽暗

拐弯

进入一栋普通的楼房

底楼　娱乐场所通宵娱乐

液体丰盈

新笑复制旧笑

二楼　看见一位老者

病了

坏了的肺唑唑喘气

墙头挂着女人的黑白照

说不出话　目光里有等待

也有尘埃

三楼　住着一个退休妓女

玻璃窗晃荡着

一只大号情趣性具

假得同真的一样

四楼　他们在玩牌

众生平等

所有精神

退缩在发亮的眼睛里

五楼　一对男女终于决定

手寻找着手

身体寻找着身体

从嘴唇上撕下的吻

把迷你型内衣丢失

六楼　有人梦游

一张沼泽的脸

离人类愈来愈远

七楼　进入诗人房间

它想和诗人说话　但它的喉咙

打上了死结

一个疯子也不是自由的

一个疯子也不是自由的

他被一条街道捆绑着

他问大家好

他比大家还好些

疯子　疯子　人们叽叽咕咕

指头缠着阴影

但疯子听不见

他的耳朵套起两只旧袜子

他说那是角

他说只可以向一只麻雀致敬

突然他吼了两声

人们惊惶地

向后退

他又吼两声

人们又退

空气就静止了

就真的有一只麻雀

像锋利的针　穿过人群

疯子笑了

疯子说　我并不想抛弃你们

不

我一直在顺从　在向你们举手同意

差一点就举起了双脚

我一直失眠　像一罐摇晃的玻璃

忽左忽右　走着

像走那样

现在　我终于说不

我一定要说一次

用额头　在冷冷的墙上说

如果额头碎了

用脚　在扭曲的路上说

如果路删除了

用手　在苍茫的纸上说

如果纸都成了碎屑

用眼睛　在漂浮的光线里说

如果光全部消逝

用耳朵　在声音里说

如果声音不能倾听

用牙齿　在木头上说

如果木头成灰

用血　在泥缝里说

如果血也被冻结了

那么　我要用一小块骨头

在夜里

敲出一丁点声音

纸　上

白天看不见

晚上出来吧

变身一只蚊虫也可以

我蹲在路口

等你来叮我

小粒的牙齿洁白

唇抹了麻药

熟悉用力的角度

熟悉无法熄灭的渴

我的血分你一些

把病毒

分些给我

那些身体里的崩溃

我亦经历一次

我亦变身一只蚊子

飞着

趁天黑

叮碑上的小名

我们不变蝴蝶

我已经不在这里

我已经不在这里　我的身体
是一个旧地址
一阵风
就把骨头吹乱

但我无法停下来
一直在黑暗的街区行走
靠着
内心那一小点毒素

原载《四川文学》2011 年第 8 期

一片混乱的水

杨　略

雨

我相信道路
仍然是夹竹桃时刻

在北方摘花买盐
黑夜漫漫而美好

是迷失

它们说留下的空白会响应大海。
当人们获知自由，获知纯粹
哭泣会变得短暂，哭泣最好不要有力。
它们像是一些静电，碰一碰就走了。

一片混乱的水

有时在树里
有时在草中
她更爱孤独了
看看孤独的人
无限的上面

下面摆满了斗争的肉体
这一片混乱的水
她知道了流动
无时无刻想长出大金鲤

长出欲望多么可爱
说谎之必要
岁月之纯净

海

滑滑的在哭
也厌倦白色梦里再一次环岛飞行

泡沫在这里沉静
一个妈妈，又一个妈妈。

坦　克

你是美的你是我唯一的陆地
——顾城

坦克
坦克
躺直睡好
春天溶解
水晶反复转过的日子
话语是其中之一。

海是其中之一

勿忘我

同样的岁月造人

花朵均匀地出现

夜宿鼎湖

夜中上坡
山黑水黑
鼎在湖在
风总比你们高一点
风慢慢把你们吹脏
树叶发光
进行到秋天
明日之前一切可以继续暧昧
若能遇上肉体
若能遇上植物
死蝴蝶就这么扔掉

人

水立方有时候是蓝的
灰尘不断地追着电
人睁着眼，好像从中看见了尾巴
就是蓝尾巴吧，轻轻地飞

普安店

止痛是首歌
不唱不灵

牛奶给你
面包给你

寒风四起
小猫轻轻

梦　游

四点半
你来了

四点半嗑瓜子
那声响
让我回荡

黎明的气氛不好。

柠　檬

柠檬让我吃惊
空气柠檬黄
食物柠檬绿
柠檬花
柠檬刺
应我寂寞之需而柠檬
柠檬是敞开的欺骗向上呀向上
柠檬舍不得落光全部叶子
柠檬从灰色中来
拒绝皮肤和泥土
柠檬有时沙沙沙
绝不经过我这样的嘴巴
柠檬没有空虚
我也没有

我渴望有一个温暖的灵魂

沿路丢柠檬

立　夏

我易变，风不是

我喜欢一个半夜的孩子

柳条向下长

厌恶如水面

告　别

在高地

涌动着寒风

和茫茫一片手

清　晨

突然的一阵雨

突然的树叶闪亮

已逝的突然又有

在福永

夜里乘电梯

一个人沿着永无止境的超市货架走下去

蓝色工衣，烟尘的孩子

那些来自每一个家乡的少年

飞机不断地飞过，我啃着西瓜

啃着自身的时光忘恩负义

坐在草地上，坐在塑料袋里

坐在福永码头，坐在相思树顶

人很遥远

空白就累

灵魂若有的话必是一些沉迷的线条

他用颜色认识

颜色充满身体

身体苍茫

数不清的雾

摇落露水

他是个生动的人

他知道许多事

他知道温柔与强暴

什么都没有力量

他知道我

新年快乐

当然是快乐

声音从哪里出来

你头上的天线和血液中的电波

来到早晨，忧郁的两端直想笑

原载《诗林》2011 年第 3 期

一片混乱的水

茗洲小令

红　土

清　晨

那些还没有醒来的梦就让它

留在梦里？已经醒来的

也让它自己醒着

它们都留在各自的房间

不会占据我的阳台，也不会喝掉我的豆浆

它们醒着，或梦着

都是我的

它们平衡地走在我身体的两侧

既不向左，也不向右

春天鲁莽

四月之后，树木开始变绿

希望从哪里消失就会从哪里出现

公园里的人渐渐多了起来，他们陌生的面孔

落在旧的时间里

没有一场灾难带走你：

太平洋，利比亚，或者比远方更远的远处

一个人的春天很重。而你很轻
像手中的蒲公英
轻轻一吹，它就离开

一个人的火车

一个人的时候，总会有一列火车
向你开过来。你看着它过了山谷
又过了田野。

从寂静的深处慢慢开过来
既不带走你
也不带走时间

药袋子

这些药片药瓶子都被我放进
一个袋子里。这其中有治感冒咳嗽的
也有治眼疾的？
还有一些用来治疗失眠和肠胃
它们都潜伏在我的身体里
掌管着我身体某个器官的秘密
我不能够让它有声音？
也不能够让它见到更多的人
我必须让它老老实实地
呆在我的房间里
我必须对它很恭敬

一个左，一个右

两个人走在路上

一个左，一个右

默默走在路上的两个人

不说天晴，也不说下雨

无聊的时候

伸手摘下一片香樟的叶子

放在手心揉一揉，香气

就出来了

总有一棵树被你爱过

当你走进林子，总有一棵树

是被你爱过的

你不要去说你爱它

它只是被你爱过。又和所有的树

站到了一起

茗洲小令

我不能说出多余的话

河水清澈？菜花低低地绕过田埂

我的语言总是含混而短命

我也不能过多地走动

草木太深？我会踩疼蘑菇，也会踩到草莓

红色的嘴唇

影　子

傍晚的时候不出门

即使出门也不要走在灯影里

它会留下你的影子

越来越长的影子？在你转身时

躺在地上
踩上一脚，也不知道疼

雨水哗哗地流过来

雨水哗哗地流过来
我是说流过来，而不是流过去
流过去就是海
无边无际
流过来，是我
一个人。这个时候，我总觉得自己
比海大一些

风翻过窗户

风翻过窗户
到了室内。我不能阻止它的想法
就像春天来了
我不能说出花朵，也不能说出
哪一朵向南，哪一朵向北
它们都会开。
就像风在我的室内，没有拘束

在茗洲·雨

雨水经过我的眼前
一些落到了菜花上，一些落到了
河水里。它们总是先我一步抵达
想去的地方
雨水深处，总觉得时间慢慢接纳了你，然后
又抛弃了你

你立在时间的空处，慢慢长出
鱼的翅膀
没有一只鸟儿叫走你
也没有一个人供你去想念
静静的山谷，只有你一人

在茗洲·午后

一个人的午后，空出了山
及山中的路
没有人在此刻走上山
也没有人在此刻走下山。只有风
轻轻地来过，携着身体里的绿，却空出了
时间的白

此刻你是春天的
你长出了兽的牙齿。你的皮毛
渐渐丰满

是我的

这下好了
终于只剩下我一个人了
黑夜在远处静静地坐着
我在树上挂铃铛
告诉它，这是我的
我还在星星上画圆圈
它也是我的

我还可以跑到小溪边

脱光身上的衣物来洗澡

这个时候我不怕人类来偷窥

河水是我的，水里的清澈

也是我的

原载《诗江南》2011 年第 4 期

我会马上住嘴

灵 鹫

伪真空

进入伪真空

我害怕自己变成一堆破烂的石头

我还在等待谁来修复畸形的体态

山坳里被野狗撞倒的小女孩已经长大

其实　当年池塘边那个小坟堆让我的童年萎缩

年轻的尸骨并没有爬出荒野

它却钻进我的记忆

明目张胆地长草

我却一只害虫也捉不住

那时　我的童年都还没有打开

先天的童心未曾泯灭

后来　我爱上了编织心结

并且　我不让别人知道我的艰辛

那么　我的心已经硬化

重读自己的诗　潜藏的魂灵被一遍一遍蔑视

直到进入他人的空间　直到我分辨不出自己血液的味道

仿佛我的牙齿提前松动　老人说那是迟暮之年的征兆

定　数

夜晚　我憎恨自己的裸体
渴望被爱
我试图淡忘刀锋
一种新时代的疼痛开始攀岩露宿

不出意外
隔阂让我们得以保持自己的尸骸完整

一种孤独早已在城堡里发酵
那次　他说我是美德的集合
我只是受宠若惊
我只是不敢正面看清他的骨骼

借压抑发疯
最大的感动莫过于蜜蜂追着人不放却只是游戏了一场
游戏并不惊心动魄
而我始终没有走出自己的阴霾

傲视苍穹的并非都是英雄
我们往往需要借助半只脚
或者仅仅是垫脚尖的狭小面积
进而腾飞

我一边说谎　一边写真实的文字
总之　已知的　未知的早已成为定数

原载《中国作家》2011 年下半年增刊

黑暗里的骨头

赵云良

1

在黑夜
我数着自己的骨头
书里说
我有二百零六块
它们常常被我忽略

我用食物喂养嘴和胃
它们懂得干渴和饥饿
我用书籍喂养大脑和心灵
它们懂得空虚和宁静
我用色彩喂养眼睛
即使是暗夜
它也想看见世界的真相

而我，忽略了骨头
在庸常的日子里
我不知道骨头代表一种信仰
它们是如此沉默

像不曾存在一样

2

今夜
一块铁的坚硬告诉我——
有骨头，在深夜里疼痛

我不肥胖
甚至有些清瘦
但我仍然数不出
二百零六块骨头
构成怎样的命运与人生

3

在黑夜里
我一块一块地敲打它们
长在我身体里的骨头啊
是你在睡
还是我没有醒

像敲打往事
我敲打着这些骨头
我想听到它们
说：我疼

4

这些骨头
如果拿出来
我会怎样

这些骨头
用火烧
会有什么样的光

5

这些藏于血肉之中的骨头
这些需要苦难和思想喂养的骨头
这些没有撞击从不说话的骨头
这些安静得仿佛不曾存在的骨头

你们啊
能否将夜幕支起
让黑暗里的眼睛
看到属于我们的黎明

原载《梨树诗歌》2011 年第 3 期

生活碎片

春 树

1. 买烟记

夜晚跑出去买烟

一走进我居住的院子

就闻到了浓郁的花香

如果能用钱来买

那香味得花多少钱

清楚　又抓不到

刚走了两步

就看见地上不知被谁扔的黑鞋子

孤零零的

显得一点都不美好

脑子一乱

想写诗

我不能以唐诗宋词的形式

也无法以下半身的态度

来描绘我的感受

2. 地下室手记

那些住在地下室里的人们

天天都在想什么

他们像耗子一样住在潮湿的地下

经常出来晾鞋子

我丢的两辆自行车

可能是其中某个人偷的

白天经常见不到他们

晚上他们会出来抽烟

他们叽叽喳喳说着方言

我毫不怀疑有一天他们会造反

他们都是打工者

只凭本能活着

那些更奇怪的家伙玩着吉他

住在附近的一条小巷子里

门外常年积雨

3. 小巷记

无论多晚

这几间平房都会漏出灯光

像是温柔的手

把人召唤

有几次我喝多了

看到这灯光

差点冲进去

抱头大哭

管它是谁

是不是

傅红雪

原载《诗歌周刊》2011 年第 10 - 3 期

旧公路上的阳光

赵　原

一

对于一段
废弃的旧公路
我不知道
应该怎样
描述它。
我不会对它说
跑起来吧！猎豹！
我甚至不知道
它穿越了
怎样的风景
和种种
让人难以置信的险境
以及它
无法言说的沦落
等等

事实上
很少有人

会对一条旧公路
啰嗦什么
除非他是
一个疯子

梵高画过一条
著名的旧公路
在修道院
或疗养院的墙外。
但是
梵高也画过
向日葵
和其他的东西
这说明不了什么

列宾也画过
一条旧公路
一辆运草车
停在路上
石头或其他的什么
使它停下来了
那条路很长
直达远处
在沉闷的麦田上面
是阴沉的天空
预示着
一个严酷时代
到来
列宾压抑的画笔

似乎还不够
表达完
他的心情

至于卢梭散步
和沉思过的
那条路
它只会使我
对植物学
产生警惕。
如果思想
毫无乐趣可言
我宁愿
先守护好
我的愚昧
和对虚假时尚
的爱好

当然
也很少有人
像我这样
无所事事
除了
"闲谈和豪迈"
只剩下
胡思乱想

事实上
我在这段

旧公路上
走走停停
有好几年了。
每天
都是这样。
我骑着
自行车
或者说
某种心情
像一辆
旧自行车
驮着我
来到这里。
也许仅仅是为了
打发掉时间
为了
"无所事事"
也许
什么都不为。
每一天
都是这样。
走走停停
游游逛逛。
每一天
都是
对前一天
的返回。
前一天
也总是

无所事事的。

我觉得
事情的真相
也许
就在这里
我喜欢
"无所事事"
我喜欢
站在一条旧公路上
做一个
无所事事的人
做一个
胡思乱想的人。

太阳很暖和
太阳照在路上
太阳的手
抚慰着
大地万物

和那些
"有所事"的人
相比
我并没有
少晒一点太阳
我认为
这就是
事情的真相

二

我在这条
旧公路上走
我推着我的
旧自行车
我用我的
两只脚
它用它的
两个轮子
我们无所事事地走
看到了
很多东西

石头、树、枯草、癞蛤蟆
废电池、破鞋、圆珠笔芯
塑料袋、烟盒、萝卜、竹根
水牛、黄牛、旧轮胎、纸箱
书报、猪毛、玻璃、酒瓶子
瓶盖、避孕套、花布、老鼠
死老鼠、蛇、麦苗、铁丝
木框、瓷片、打火机、破水箱
铃铛、羊角、电线、屎、铜镜框
玩具、理发推子、计算器、表带
帽檐、烂白菜、狗、中学课本
带着石灰块的半截砖头
输液管、口琴、废气罐、止血钳。
等等

我看到了
很多东西
这些东西
好像
天生就该
在这里
就是这样
"鱼作为鱼而游泳
桃作为桃而结果"
我停下来。
我不会
把这些东西
想象成一个
热闹的庆典
也不会
移动它们。
我站在路上，
站在风中
难闻的气味
一阵一阵地
飘过来

但是
我没有
走开

我只是
后退了一步
两步

然后

我看到了

远一点的地方

那边

有几棵

高大的杨树

已经

落光了叶子

银灰色的树皮

泛着点点白光

这条路

在那里

拐了一个弯

缓缓消失在

一个山坡

的后面。

山坡上

开满了

耀眼的黄花。

再近一点

我看到了

一座垮塌的建筑物

一面残墙

斜倒在

一大堆石头上

原来是

屋舍的地方

长满了

茂盛的野草

很显然

曾经有人

在那里住过

一个人

或一家人

出于某种

不可知的原因

那个人

或那家人

离开了

再也

没有回来。

我想

大概就是

这样的

三

就是这样

没有什么

值得惊讶

和探究。

这条路

从一片

荒废了的地方

穿过

和它有关的事物

不会比我描述过的

更多。

我用笔
画下了这一切。
这样做
是很有意思的。
所有的东西
都不是动的
和喧闹的

所有的东西
都放弃了
动作、语言、意义、方向、行为
和功用。
只有形态
放松的
消极的
不再回答、解释、使用、待命
给予、拿取、收紧、预设
和构成

这条路
也仅仅只是
一条路。
一种
从公共交通中
解放出来了的
路的形态。
它从前
是什么样子
它出现在这里

曾经把

怎样的人和事

收税人、骗子、盗贼、妓女、村长

老头子、旅行者、政协委员、歌星

行为艺术家、僧徒、商贩、私奔的情侣

自杀者、虐待狂，等等

连接在一起

它的起点

在哪里？

一条河、一座旧桥？

一群灰头灰脑的、可疑的人？

或者一个

被大片光秃秃的丘陵

环围的城镇？

可是

转过身

我又感到

这一切

都是

无关紧要的

重要的是

你看到了什么

它就是什么。

我转过身

走开

一次次地

走开。

那些连绵不绝的山丘

萧索的草木

覆照大地的

明亮的天空

似乎也在

不断地

向远处

荡开，荡开……

有一天下午

我背着画板

离开了路

我走了

四十多分钟

在一道坡坎下

一条小溪

出现在

我面前

浑浊的小溪

水流很急

我在溪边坐下

打开画板

但是我的心里

充满了疑虑

天边

有一些云彩

云朵上

撒满了

颗粒粗大的阳光

云朵在

慢慢移动

我感到

有一些细小的粉尘

落在我的

手掌上

溪对面的

草丛中

长着一棵

孤单的麦子

细长的麦芒

微微弯曲

一定

有什么原因

使它

生长在这里

一定

有一种力量

使它

区别于

更多的植物

并且

成就了

它的孤单。

我坐在那儿

直到

太阳落山。

还有一次

我在路上
闲逛的时候
遇上了
一个兵
一个
入伍不久的
新兵蛋子
稚气未脱的脸上
还挂着
一些迷茫。
我和他
交谈了一会儿
我很想了解一些
我不知道的事情
或者请他
抽一支烟
但是
他似乎对我
没有什么兴趣
在交谈中
他连续三次
向我
很神气地
行军礼
而我
只能报以
暧昧的微笑
一个无所事事的人

和一个兵的故事

就这样

索然无趣地

结束了。

我看着他

朝另一个方向

越走越远

我坐在路边

衰落的野草

正在把

一个狂热的秋天

引向

我的脚下

原载《诗江南》2011 年第 4 期

夜宿屈原村

哨　兵

1

今夜山路曲折只如汉字
之，凿于群峰
绝仞

我承认赶在我来秭归前，有人在长江上游
早已舍身，开辟
汉语

2

山路四百里处处惊魂
索命。透过侧窗我望见长江
端坐峡谷，却是如此淡定
安详。仿佛楚巫持幡
诵经，喊魂，超度
语词。看来江流返照世界
微光，一向只为古诗
受用，并不适合这辆现代车

3

夜车八百公里闯乐平里
无法复兴浪漫主义
半盏包谷酒
早已把我放倒在野橘林
我坐在树根拱出来的那部分
斜靠着什么，和一棵老橘
睡在一起，像流浪汉

寻到了过夜的墙角和归宿
就在这道峡谷。我醉眯着眼
仰望变小了的星空，一边忍住
熟橘，在夜风中颤晃
敲打我的额头，一边倾听
老树，彻夜将我谈论
但在屈原的出生地，橘的
楚方言，现代汉语无法转述

4

朝阳照亮了屈原庙，而我昨晚走过的
那些弯道，却还在暗处爬行

惟一的守庙人姓徐，告诉我：
"三十年前我从屈原小学退休
村民们才把这座庙，从伏虎山腰
搬上了降钟山顶。"迈进庙门
我说："惟有村庄最懂诗。"诗人
命该住进云端，如神，庇佑世界

众生。于是，我就来到屈原石雕前
遇见了神。而当我第一次跪下
中年的双膝，在众山之巅
我只闻见守庙人的老年气息

在屈原面前，在徐老师身旁
我是最糟糕的弟子，没学会孤独

5

屈原村中无屈氏，惟有
橘树

即使在野橘原产区，和第一个诗人的
诞生地：语词
从不信任人类，只向植物
托孤

6

村秋橘自熟。骚坛诗社的成员们
丢开毛笔和宣纸，都在山林里
抢摘果实，上下
求索。沿着屈原爬过
或从来没有攀过的小道
这家中国最古老的农民诗社
赶在大雪封山前，也许
求到了这些：生活的可能性
还有真理以及语词最甜美
圆润而饱满的那一部分

7

没想到秭归段长江是如此平缓
透彻，如水晶做的悬棺
挂于两岸山峦，让我迷幻
直想跳进去，追随那个
当地人。车过屈原镇轮渡口
我抓紧锈栏杆试着向水手打听
这条江，他望着大坝方向
伸出二根指头，打出胜利的
手势，说："快二百米吧，"
我看见那个英文字母的底座
高过了村舍和新建的秭归城
收回那只左手，他瞅着
长江，又说，"像……
海！"哦！大海啊
长江，我祝人类玩弄天下
河流，易如水手
反掌

8

在垭口处花五十块钱买下这只小麂子
放归山林，不是出自人性
悲悯和所谓的道德优势。我没加入
动物保护协会，贪肉
恋杯，爱世界的美。男人
该做的，我全都干过，而且
写诗。我更爱语言
最柔弱而又尖锐的那一部分

夜宿屈原村

因爱生恨吧。我恨这一口
杉木笼，被小麂子噬咬
磨啃……在我听来
这种吱吱的响声，如锥
锉心，几乎包涵了这个世界
所有的不幸、绝望和哀痛……笼门
打开的一瞬，望着那个小家伙
嗖地，如幽灵，从面前消失
甚至还来不及看我一眼
就在山林中隐身，我真希望
这头幼兽，能攀上断崖、雾岚
和那些我根本无力去登爬的
绝境，替我找到想见的那个人
告之——尽管我想多陪秭归一会
无奈山水迢迢，不容我耽搁归期

原载《诗刊》2011 年 5 月下半月刊

叛徒之书

孙慧峰

叛徒（一）

这么多年，我一直想抓住一个叛徒
不管他是爱情叛徒还是法律叛徒

我抓住他，不会骂他也不会打他
更不会把他送到派出所

我不会把他送到人群中，因为
一个叛徒一旦混进人群，就没人能认出
他是一个叛徒。

叛徒（二）

这么多年，我一直想找到一个叛徒
抓住他的衣领，问问天下的粮价

再问问叛变的道路
是不是充满清风之痛

这么多年，我一直被这个理想支撑

抓住一个叛徒，用枯瘦的眼神，审问他的肥硕。

叛徒（三）

这么多年，我一直想抓住一个叛徒
递给他一支烟，和他聊聊：
"嘿，哥们，告诉我
你是如何轻而易举就背叛了所有人
却没有留下任何蛛丝马迹？"

叛徒（四）

这么多年，我一直在找一个叛徒
可是叛徒太多了，当他们知道我想找一个叛徒

都纷纷主动找到我，拿出各种证据
证明他们是货真价实的叛徒
其中有一个，还拿出一面乌有国的国旗
说："我背叛了所有实有之物，我才是真正的叛徒。"

叛徒（五）

不久前，我抓到了一个叛徒
他身体强壮，手里还拿着一把宰牛刀子。

我是用渔网在路灯下将他兜住的
当时他正在用宰牛刀砍一只鸡雏。

我怕他用刀子割破渔网，就先后又撒了三张渔网
将他套牢，等有人过来帮忙

我才一张张地掀开渔网，但是网底下没有叛徒
一只蟾蜍蹲在那里，肥大的下颌一鼓一鼓。

叛徒（六）

我每天上班下班的路上，总是留心
叛徒：那个推着手推车卖橘子的不是
叛徒没有那么高的嗓门；那个蹲在路边修鞋的不是
叛徒从来不在众人面前动手；那个给孩子
买棒棒糖的不是，叛徒总是远离甜的事物；
那个抬手和别人打招呼的不是，叛徒
在闹市区，总是尽量不惹人注目；
那个衣服很破的不是，那个讨钱的不是
那个啃苹果的不是，那个钥匙在手里叮当作响的不是
那个正在泊车的？因为我只是一走而过
没有看见车子里的人走出来，我无法判定

他到底是不是叛徒，
和他从同一车子下来的人，到底是不是也是叛徒。

叛徒（七）

我曾经在图书馆里等候叛徒，可是来图书馆的
都是来借书的学生，他们当中应该有叛徒
他们当中将来可能会出现几个大叛徒
但是我无法提前去抓一个未来的叛徒。
后来我只好离开图书馆，这年头，真正的叛徒
不会来图书馆查资料，他们都偷偷地上网
或者正在酒店里宾馆里浪费鱼肉，或在鱼肉其他的叛徒。

叛徒（八）

到目前为止，我看见很多叛徒
但是没有抓住一个，或者说

我无权去抓一个叛徒。每一天
我被叛徒们包围，并和叛徒们

在同一个天下生活。我活得很焦虑
而叛徒们活得很安宁；我活得很不如意

而叛徒们光明磊落地
坐在隔壁，敲锣、打鼓，庆生、祝寿。

叛徒（九）

我说的叛徒，是暗自背叛而不是公开偷盗的人
是背叛被发现而仍不回头的人。

我说的叛徒，一边在口水里游泳
一边讲经授意，口若悬河

我说的叛徒，背叛的不是经济学和物理学
他背叛的是流水的走向和桥的弧度。

背叛的是彩虹的朗照和月光的清澈
背叛的是根在地下、花瓣长在枝头。

叛徒（十）

叛徒很多，但是他们的脸上

没有恐惧的颜色，这导致人群中的指认
充满无限难度。

叛徒也上班，也去市场买菜
也洗澡和睡觉。叛徒之叛没有写在脸上
叛徒们把背叛之美，藏在平静或假装平静的背后。

我们什么时候能打破所有人脸上的平静
什么时候就能认出我们当中的叛徒。

当然这是理想。到目前为止，叛徒们
都没有坐在跷跷板上，露出他们的脚趾。

大街上，人来人往，叛徒就混在其中
但是我们无法将一个走在前面的人
就定为叛徒。因为我们
走在很多人的后面，也走在更多人的前面。

叛徒（十一）

那日，我刚从公园里一条长凳上的梦中醒来，
有三四个人从远处跑过来，他们的眼光里带着绳套、锁链和夹板
站在我周围："你是叛徒！"
他们不由分说，开始对我搜身
我的手机、钥匙串、烟盒、打火机、手表、钱夹纷纷离开我的
外衣口袋
散落在草丛里。最后，其中一个人从我贴身的衬衣口袋里
搜出一张纸片。他们围着纸片嘀咕了一会儿

拍拍我的肩：“对不起，弄错了，你不是叛徒。”

这张纸片，是一张精神拆迁通知书。

原载《中国诗坛》2011 年总第 2 期

海上七节

贾冬阳

一

船开动时，我们谁都没去看

岸上的城市。舷窗外

许多事物缓缓退却

包括我们正乘船离去的，午夜多风的岛屿（书

中记载

有人曾站在海边

将满把的百合花洒出去）

二

随身带着《白鲸》

和《中国北方的情人》

临行前的酒桌上

春雷提议

每人讲一个与海有关的故事

滔滔却放下酒杯

为我们讲起

黄昏中寂静的湄公河

三

明晃晃的阳光，海风洁净
翻过挂着"旅客止步"的栏杆，可以走到前
甲板（你好船长
海上有什么问题吗?）
高大的塔形桅杆上
空无一人

四

日落时分，天气好极了
已完全看不见陆地（海面耀眼，深不见底）
甲板上只寥寥数人
芳宁很高兴
拍了不少落日和海浪

五

半夜，星群闪耀。意料之外的
是周围散布的渔火
飘摇闪烁（那些在海上谋生的人）
仿佛巨人们
正在大地边缘比赛钻石

六

日出之前
天空落下一阵小雨
甲板上湿漉漉的。等待日出的女孩
小心翼翼站在船舷边
伸出一只手

搭在眉沿上
那些透过乌云的微光
可让她觉得安慰？

七

日出过后，广州已经不远
穿过一片连绵的小岛，隐约浮现
港口与楼群……
还有什么值得眺望的吗？
转回身唯见大海茫茫

原载《海拔》2011 年 8 月总第 13 期

秋已渐远（组诗）

金铃子

也许，我还能爱

也许，我还能爱。还能在那棵大杨树上偷看
富饶的山谷。属于它的水坝，羊群。它的苦蒿长势真好

一辆满载酒桶的马车驶过。一个人在远处对另一个人大喊
那些声音含混不清。乌鸦三四只，两三只一起飞过
我不知道如何爱这个世界。生活年复一年，日复一日
春天来迟好一会了。我默默地饮着茶，甚至没有再看它一眼
只是碍于情面，我与它坐在这里。等待一些东西
尽管，来者不善。

有些事情还在继续

它们有时候是一只，有时候是两只。昼伏夜出。
或者把头枕在青草上，假装打瞌睡。偷听两个女人的谈话

一些驱鬼要诀。其实，它们怕谁呢
大白天的，就有一个少年翩然而至，等我们去捉他
他就无影无踪了。

总是那只狐狸，在宽大的垄沟。看我们捆柴，剥树皮

是那种心不在焉的神情。而我们
已无法说出对它，多么的热爱。

何曾有过这样的时刻

何曾有过这样的时刻，那只负伤而没有死去的鸟
它孤独，阴沉。在我从柚子树下走过去的时候
它眼里流露出大轻蔑。

这莫非是一场梦幻，是怀念飞行。使我这游人变老。
飘渺的一小段江山，像一只黑鸦
我们之间有着片刻的寂静。一个星期，或者永远。

谁能描摹出这个季节的不安和苦闷
我可爱的乡村，连同它的鸟。呼的一声就消失
秋天残余的果实。在空中，飞来飞去。

形　状

我总想找出我的秘密。
山林里突然冒出的无数人头
漫山遍野的我，在爱与光中……向你们致意。

那些身首异处的爱情。它在喊我。
我只是一个极聋的聋子
它的声音，我听不见
它张口咬我，那伤痛——说实话
连我自己都觉得
有点腻了。

水边人远

我已经一天天

一星期又一星期的失眠
只为春天的一截恩情，一枝红柳
从此告了结束。

一下午的嘈杂人声，已经沉下来
今晚，我的寂寞在更高处
她看起来依然纤手，大袖翩翩。
这些本来不值一提
如同我很少对你提起，我远处的故乡
总有一块石头
散发出，我孤独的新词
它们将和我一起，成为诗歌的图案

而你，总能识破这一切
识破我的心啊
云生其下，相思辽阔。

这果实巨大的秋天

这果实巨大的秋天。你叫我如何消受。
我在前面拐了一个弯
把十万亩果园，留在身后
留在人间……

这又有什么用啊。亲人
一旦想起你，我的神色便转为忧伤
转为那片苹果林轻轻泛起的叹息

这叹息就在我的旁边，又仿佛很远很远的
不真实的一片红里，裹着我们

单纯，愉快的呓语

安卧在秋阳里。

原载《中国诗人》2011 年第 5 卷

口袋里的诗

宇 向

低 调

一片叶子落下来
一夜之间只有一片叶子落下来
一年四季每夜都有一片叶子落下来
叶子落下来
落下来。听不见声音
就好像一个人独自呆了很久，然后死去

圣洁的一面

为了让更多的阳光进来
整个上午我都在擦洗一块玻璃

我把它擦得很干净
干净得好像没有玻璃，好像只剩下空气

过后我陷进沙发里
欣赏那一方块充足的阳光

一只苍蝇飞出去，撞在上面
一只苍蝇想飞进来，撞在上面

一些苍蝇想飞进飞出，它们撞在上面

窗台上几只苍蝇
扭动着身子在阳光中盲目地挣扎

我想我的生活和这些苍蝇的生活没有多大区别
我一直幻想朝向圣洁的一面

口袋里的诗

一首诗放在口袋里
如果挨着钥匙
它会和钥匙链一起发出不安的声响
如果和硬币在一起
也不会变成钱
它更像糖，变黏并散着甜味
如果和纸巾在一起
它会被揉皱并磨烂了边
如果和另一首诗在一起
我想象不出怎样
但如果它挨着避孕套
它们就形影不离
这多叫人高兴
只有它们是为爱情留在了那里

我的房子

我有一扇门，用于提示：
当心！
你也许会迷路。
这是我的房子，狭长的

走廊，一张有风景的桌子。

一棵橘树。一块煤。

走廊一侧是由书垒成的，

写书的人有的死了，有的

太老了，已经不再让人

感到危险。

我有一把椅子，有时

它会消失，如果你有诚心，

能将头脑中其他事物

擦去，就会在我的眼中

摸到它。

我有一本《佩德罗·巴拉莫》，

里面夹着一缕等待清洗的

头发。我有孤独而

稳定的生活。

这就是我的房子。如果

你碰巧走进来，一定不是为了

我所唠叨的这些。

你和我的房子

没有牵连，你只是

到我这儿来

我几乎看到滚滚尘埃

一群牲口走在柏油马路上

我想象它们掀起滚滚尘埃

如果它们奔跑、受惊

我就能想象出更多更大的尘埃

它们是干净的，它们走在城市的街道上
像一群城市里的人

它们走它们奔跑它们受惊
像烈日照耀下的人群那样满头大汗

一群牲口走在城市马路上
它们一个一个走来
它们走过我身旁

阳光照在需要它的地方

阳光照在需要它的地方
照在向日葵和马路上
照在更多向日葵一样的植物上
照在更多马路一样的地方
在幸福与不幸的夫妻之间
在昨夜下过大雨的街上

阳光几乎垂直照过去
照着阳台上的内裤和胸衣
洗脚房装饰一新的门牌
照着寒冷也照着滚落的汗珠
照着八月的天空，几乎没有玻璃的玻璃
几乎没有哭泣的孩子
照到哭泣的孩子却照不到一个人的童年
照到我眼上照不到我的手
照不到门的后面照不到偷情的恋人
阳光不在不需要它的地方

阳光从来不照在不需要它的地方
阳光照在我身上
有时它不照在我身上

街　头

顺便谈一谈街头，在路边摊上
喝扎啤、剥毛豆
顺便剥开紧紧跟随我们的夏日
它会像多汁的果实，一夜间成熟
又腐烂。在夏季

顺便剥开紧紧跟随我们的往事
还有那些黑色的朗诵
简单的爱
就是说，我们衣着简单，用情简单
简单到　遇见人
就爱了。是的

顺便去爱　一个人
或另一个人，顺便
把他们的悲伤带到街头

原载《新城市文学》2011 年夏季号

断 刀

梁雪波

刀是肉的惊雷，是缅怀的光，
是骨质疏松年代的词的硬度。
草莽江湖，一柄削铁如泥的刀
占据着话语的山巅，又被黄金
的歌声征召，被反复更迭的风暴
吹弯，弯成一根午夜的神经。

一把断刀从流水的道路抽身，
在我身边凛然地竖立起来。
它无声无息，也不发出光亮，
漆黑的手柄插入夜的深水。
断裂的齿纹，像收割后的麦地，
新鲜的茬口生生地指向天空。

我以手持握，这半截的利器
浓缩了周身的冷。翻涌的
杀气浸入金属的记忆，
一朵烛焰在锋刃上疾走。
马匹和果实，暴君或英雄
臆想中的头颅纷纷滚落。

正如秋天不会收尽所有的树叶，
一把快意舞动的刀，不会
被泪水泡软。而一把断刀
制造的悬崖阻断了血的流程。
被打断的骨头，沿着哭泣的走廊
一次次摸索到肉的刺痛。

一个无人的月夜，我看见
断刀飞出！比奔跑的猎豹
更接近闪电，比插满羽毛的铁鸟
还难以收入意志的刀鞘。
更多的时候，断刀沉在黑夜的一角，
月色漂白了锈迹，一支比八字胡
还硬的笔戳着虚无的纸。

断刀拒绝流苏，拒绝归类。
在兵器谱之外，一把断刀
甚至不是刀，而是一块受伤的铁
用记忆的火舌舔着皮肤。
白癜风的冬天，我听到
火焰抖动的声音，一块玄铁
以刀的形状横过寂静的内心。

原载《作家》2011 年第 11 期

猜火车

邰 筐

白头翁

在这里，没有什么可以
被打扰。清风吹荡
一片山河的气息
连群峰，也在接受
落日无言的教育，多么安静
只有那些高尚的灵魂
才配得上这里的安静，而
身后这一座城市，不配
被尘世的绳子
拴住的人们，不配
远处那两条浑浊的江水
也不配
白头翁在啼叫，高一声
低一声
仿佛在唤着谁的乳名
没有谁肯出来答应
那些松柏不，那些野花不
那些碑石也不
白头翁在啼叫，长一声

短一声

它一定在唤着谁的乳名

从一个汉字开始

从一个汉字开始。不

从组成汉字的一个笔画开始

打开一册江山，倾听遥远的风声

在笔墨中立身，立命，立心

字斟，句酌，捻断须数茎

在词的渡口解轻舟，溯流上

在汉语源头，有结绳记事的后稷

和忙于造字的仓颉

甲骨、钟鼎和简牍之上

最初的字，若游龙之抓痕

留下华夏古老的胎记

沿句子的河流，段落的瀑布，文章的海洋

奔流直下，浩浩汤汤

三千尺的落差是诗仙用诗句丈量的

用汉字垒成广厦不过是老杜的梦想

书中哪有颜如玉，书中

哪有黄金屋

唯灵感之鸟投来惊鸿一瞥

唯思想的闪电点燃词语的惊雷

蘸着月光和泪光

把每一个汉字擦净，作为

一个有洁癖的人，一个汉字的

保洁工，我愿用一生的时光作赌注

在词语里画地为牢

做汉字忠实的奴仆

并以灵魂作抵押，割让无数白天黑夜
白纸和黑字，泾渭多分明

名词是灯塔，动词弄扁舟
只有内心装得下三千亩月光
或许才有资格，做那个
被汉语加冕的人

猜火车

一列火车开过去了——
又一列火车
正开过来
它们从未知之地来
要到乌有之乡去
车次不明，时速不定
每一列车都恍如
一条细长的影子
从我身体的针孔中穿过

我的身体是时光里
一座孤独的小站
我骨骼的道轨
我肉体的枕木，承载着
每一次的战栗
和轰鸣

可岁月，这巨大的打磨机
让身体变得厌倦
和麻木

我只好继续和灵魂玩

猜火车的游戏

你猜猜，你猜猜

就是猜明白又如何？

那趟车总归是要来的

长长的车厢里

空空荡荡，车头上

站着那个黑衣人

开往远方的火车

火车在细雨里飞跑

火车低着头，弓着身子

火车像个顽皮的孩子

它飞快地旋转着无数个小轮子

它跑得太快了

累得偶尔喘几口粗气

发出几声叹息

火车啊火车

你想往哪开就往哪开吧

想跑多快就跑多快吧

世界那么大，远方那么远

你随便想在哪儿停下

就停下吧

你跑得再快，也逃不脱

无边细雨的网

我也是一样啊

随你走得再远，也逃不脱

尘世的网，我的心早已

破损成一个抽丝的茧子

走得越远，丝线扯得越长
扯得越乱，扯得越紧
扯出一种揪心的疼
疼得我嗷嗷叫，叫成一串
带着哭腔的鸣笛

原载《人民文学》2011 年第 10 期

一车温饱的猪

北　野

向上还是向下

即便我是一只屎壳郎
我也要保留自己硬壳里面的软翅膀
因为我不想放弃向上飞的愿望

难道我喜欢推着粪球上山吗
西绪弗斯的神话被你们读得津津有味
而我只有辛酸

我从来就不喜欢草丛中的死老鼠
就像庄子不喜欢惠子的温饱
孟子不喜欢梁襄王的骄横

我不喜欢猪八戒的幸福观
也不欣赏唐玄奘的紧箍咒
我崇拜孙悟空

我肯定是各路妖怪的眼中钉和肉中刺
因为我得自上天的火眼金睛
使它们现出原形

但我却没有金箍棒啊
我的罪孽之重，配不上腾云驾雾
只配匍匐在大地上做个灰不溜秋的屎壳郎

请你们怜悯我的命运吧
容忍我黑色甲壳里不会伤害任何人的软翅膀

容忍我，向下的过程中悄悄私藏了向上飞的梦想

一车温饱的猪

深夜里一车温饱的猪
在高速公路上昏昏欲睡

脸像白眉大侠，一副吃饱肚子不问世事的样子
滚圆的身子挤在一起，像硅胶垫起的乳房颤颤悠悠

有的屁股朝外，翻卷着时髦的小尾巴
粉红的阴户依稀可见

啊，一车温饱的猪不需要一个过路人的假慈悲
不需要你们他妈的科学、哲学、神学甚至猪权与祖国
向死而生！对，迎着刀子，迎着黎明前的血腥
一车温饱的猪默认这该死的宿命！

原载《诗歌月刊》2011 年第 10 期

一个怀疑论者的札记（组诗）

黄金明

家乡与树

家乡一直在那儿。它曾经繁荣
而逐渐衰败。你一旦离开
就永不返回。三十年了，你的成长
跟一棵树的成长
有其可比性而你远走高飞
树扎根并寂然不动。这其实是一种错觉
以一条路为半径，你走不出乡愁之圆
而一棵树却将梦幻的树根
生长到现实的背面去，在你的心理版图
你从未踏出过家乡半步。譬如一棵树
只跨出身体一步，就长出了枝条和花朵
在某些目光短浅的人看来
那些从不结果的树木
开出的花朵乃是无用之物。那些不是果树的树
长出的果实只是一连串的零
在将自己否定。一棵树在生长
它从不理会细枝末节的抱怨
它的叶片在涌出又飘坠。它的果子在成熟
并跌落，犹如逝去的光阴以石头的方式

扰乱了水波般的年轮
每一棵树的根都是粗大而隐秘的
它朝着天空和大地同时生长而保持对称
这些虬曲、纠结的树根，像你的记忆
使黑暗具有了意义：星辰浮现
大如灯盏。你一再告诫自己
记忆是靠不住的。你在暮色中

走遍了万水千山，觉得每一处都是家乡
你抱住随便一棵树号啕大哭
那些好奇而惊诧的人，你一个也不认识

秋夜怀乡

那些泥土、石头、草木和虫豸是一个整体
而构成山林及其乐园。那些溪流、池塘和水井
是一个整体，它们来自同一个源泉
而像一面镜子被击成碎片
只能将零星的天空映照
那些屋舍、田垄和果园
是一个整体，村庄像一艘旧木船
轧碎了白灿灿的芦花
哦，秋风吹起，屋顶上的茅草被月光压断
菜园里的白霜，又细又匀
给芥菜带来了甜味
电灯、月亮和萤火虫是一个整体
它们像闪光的锥子
使黑布袋般的夜色出现了漏洞
那个搬小凳坐在天井上乱翻旧书的人

一抬头，就发现了林梢、远山和天空
是一个整体，它们构成了一幅陈旧的古画
他借助于不可知的光亮——
看到了画面的大片留白、山石与荒村
以及影子般的画中人
是一个整体。一只鸟从幽暗林间飞起
你没看到任何翅膀，只听见飞翔的声音

关于你的传闻

你走过的每一条道路我也走过
我从来没有遇见过你
但我从不感到孤单
在一个更广阔的空间里
你从来没有离开我

我在所有的光源里感受到你的光辉
即使遥远而黯淡的恒星
即使蜡烛、煤油灯、手电筒
这些蹩脚的发光体
但也有更明亮的灯泡
将黑夜的一角掀起
当我想象你的模样
那通过电灯的电流也在通过我
我在所有目光里感觉到你的凝视
少女的明眸，羊的眼神，甚至花朵的瞳孔
我也在浪花上窥见你的脸
那些波浪像不断涌现又摔破的镜子
我曾经栖身于每一个星球

我从来没有遇见过你
但我从不感到歉疚
那么多从夜晚冒出的星星
像风吹落的松果，像时光的泡影

原载《绿风》2011 年第 1 期

匿 名

南 子

我在这里

生活
这神秘的质问者啊
它浑浊着　并无觉察
自己正投身于一道阴影　如陷入一场昏迷

命运的胸衣就这样被裹紧了

而我在这里
我一直在这里
凝神于事物内部的核心
迟疑地看清它　成为它们
成为这不死的　卑微的形体
和来不及命名的万事万物

春风引

我想　我曾爱过这一切
爱过平淡中显现着的奇迹——

比如这个白昼

正接近黄昏的低缓
雀鸟的啼鸣　高一声　低一声
到处挤满了长长的白色声调　梦中也是

但是　这奇迹是抽象的
它来自于不可捉摸的世界尽头
一路拍打着灰烬

而它的上方是无用的翅羽

在一些可能的时辰里我与它同行
朝着无名的　戴荆冠的人
他通晓一切却只留下哀叹
却最终容纳了真理

现在　风张开了更清晰的金色弦弓
惊扰了一场雪事中
沉睡的豹子

粗糙的手指　又亮了一寸

不仅仅是你在命名万物

不仅仅是你在命名万物
世间万物不过只是此刻的投影——
当世道人心
不过是一场无用的知识，和一场徒然的围猎
在这样的一个欲念含混的黑夜
不会再有无名者的酣睡
也不会再有它的早晨

热 爱

要热爱身体里的刺
当它狠狠地扎进生活的缝隙
被磨折的命运　半明半暗

要热爱被肉体喂养的阴影
这无处藏身的金宵
来自于尘埃的敲击
现在　它酣睡　无形

还要热爱被飞雪弄脏的窗玻璃
飞雪是寒冷日子里的悔罪者

它经过时显然触摸过我的梦
我说不出的部分　被无名者收藏

这么多的热爱
人世间并不因此而更喧哗——
我说出这些
也更加透明地容纳了万物

病中书

仿佛世间万物都彼此相异
照亮了各自的寂寞

仿佛我的身体在尘土之上
而灵魂正四面敞开

仿佛爱情亦有着膨胀的孤寂　像迟开的水
曾经温馨的部分已经散尽

仿佛恐惧像暗器　振荡出古老的波纹
奇迹也无法安慰

仿佛厄运跃过冬季消瘦的月份
我看见它　正用陌生的沙漠牵引大海

仿佛无梦的人　更像是梦游者
步入蓝孔雀，流水和精灵的虚谷

仿佛"活着"是诗人空谈过的一个真理
只有到别处去死　桥头人才看不见桥下人

仿佛远方的僧侣　回头一笑
五月的嗓音　融化在黎明
仿佛此刻　我作为遗嘱　作为夜里写下的字
作为一年中最后的饥饿　我只要纸和失眠

三个地方

那个在灰尘中焕然一新的人
像我　每天要到三个地方栖息
星宿　沙漠　人群

在星宿中
我看见鸟兽隐遁的道路
一个敞开的弯道
左右迁徙的鸟

正在空中换回它的羽毛

在沙漠中
我以低音换取一段密集的时光
用来减少语词中的霉
和持续的睡眠
我的睡眠
常常让我失去生活的速度

可是　当我回到人群
这语法的黑洞——
我呼吸这活的夜
在干渴和疾风中有着无言，完美的顺从

我知道这个地区的梦

我知道这个地区的梦
来自冰凌的反复敲击
一半的雪　吸进所有城镇的胸腔
而另一半　被单色的暮光阻隔

我知道这个地区的梦
会有另一场秘密的倾诉
白色　像证词一样闪光
并从身体的裂纹中　取出一座孤城

我知道这个地区的梦
重现中亚古代的天气
那些德行　减少到洁净的程度
减少到原谅

为下一个消逝　埋下伏笔

我知道这个地区的梦
像白雪　浑身洋溢着肉体的天真
它只是微笑
当它面对人世间的枯萎与蓬勃
融化时未免沸腾

如　果

如果美德是山川和花朵
我就信它
每时每刻都信它
并凝神于聆听和赞美的核心

像影子寻找身体
美德被每一个顺从它的人酿造
尘世的缺陷显露了它
如同一种真理
而我只学习怎样被宽恕

这宽恕　遗失在被我爱恋的一切事物中

原载《上海文学》2011 年 7 月增刊

查一查这个圣诞老人

李 伟

黑暗一直在那里

黑暗一直在那里
无声无息
像头蹲伏的猛兽

我拉开灯
四周充满了明亮
但黑暗还在那里

黑暗还在那里
黑暗一直在那里
等着我关灯

查一查这个圣诞老人

查一查这个圣诞老人
究竟是谁派他来的
属于什么组织
目的是什么
有没有前科

家住哪里
一定要仔细查
一个人背那么大的包
还精心化装
绝不只是表面上送糖果那么简单

穿越峡谷

队伍
在峡谷中行进

两边的峭壁
埋伏着另一支队伍

峡谷中的队伍
进入峡谷的最险要处

草叶屏住呼吸
子弹就要跳出

但突然插入的广告
让一切爆发暂停

广告过后
队伍奇迹般穿越了峡谷

收废品的老男人

收废品的老男人坐在废旧的沙发上
手里拿着废旧的手机
仿佛被废弃的国王

四周围绕着废旧的电脑
废旧的电视
废旧的电冰箱
废旧的洗衣机

废旧的家具
废旧的杂志
废旧的报纸
还有一堆秋风送来的废旧的树叶
他随手拿起一张报纸看了一眼
连新闻也是废旧的
萨达姆刚刚入侵了科威特

原载《汉诗》2011 年第 2 期

请深入

纯 子

当我想到黑

当我想到黑
我就想到颜料的黑，污泥的黑
乌云的黑，墨汁的黑
头发的黑，还有眼睛的黑
一个诗人的黑眼睛，一直在寻找光明
而所谓的生活，也不过白纸上涂黑字

我还想到了黑色的土地上
有位黑黑的嫂子。长得黝黑的祖父
在黑夜中啪嗒啪嗒抽着旱烟
而母亲，脸上有一颗黑痣的母亲
一生都在命运的深处，起早贪黑
我还想到天下乌鸦一般黑
想到黑幕，黑哨，黑交易，黑社会
想到黑白不分，黑白颠倒
想到了近墨者黑

想到黑，我最会想到人心的黑
煤窑里的黑，暗箱操作的黑

高价药品的黑，拖欠工资的黑
缺斤少两、以次充好的黑
问题奶粉的黑，挪用赈灾物资的黑
我想到这样的黑
深入一个人的五脏六腑
用多少美好的词语，也擦拭不掉

请深入

请深入，像蜜蜂深入花蕊、葡萄酒
深入夜光杯，酸甜苦辣，深入生活
而一缕炊烟，一个生病的月亮
几句乡音，深入久远的故乡

请深入，深入一个词语的成分，深入他的
近邻和远亲，深入他身体里的冷和暖
深入一个女人的闺房，深入她前世和今生
深入她爱情里的疾病：死去，和活来

也请丰收前，深入一个玉米田野中
怀孕的喜悦；隆冬前，深入一块铁块
熔炉中火红的激情；而在岁月的门槛前
深入母亲的苦难，和父亲的沧桑

深入下去，和一条蚯蚓称兄，和一只
蚂蚁道弟，让肤浅的身体
慢慢深入，深邃而广博的大地

我一生的需要

我需要一勺露水，来打扫

浮躁；我需要一剂良药

来医治孤独；我需要一本好书

来吐故纳新；我还要一面

镜子，来时刻以镜自鉴

我需要一个闹钟，来准点

提醒我：青年到了，中年到了

……

我还要一个我爱的男人，来一生

互诉衷肠。最后

我还要一个小小的土包

四周最好绿树成荫野花摇曳

来安置自己疲惫的身体

和干净的灵魂

租　借

如果可以租借，我想租借

一匹快马，来追回逝去的光阴

租借一些春风，来吹绿枯萎的梦想

租借一剂秘方，来敷治红尘的伤口

我还要，租借一条坦途

来照亮疲惫者的脚步

租借一些露水，来打扫贪婪者的心房

租借一把钥匙，来打开绝望者的死结

我一无所有，目前

我可以典当的，是我还算青春的

年龄，还算纯洁的爱情

还有，我还算清澈的眼神

我文字中，还算健在的良心

在江南

山河还是旧貌。因此
在江南，我仍然无山可靠，但所幸
有水可傍。一条长江
让我拥有弱水三千，而且不限
只取一瓢饮：一节莲藕
有着我想要的清白，一棵垂柳，
有着我想要的婀娜。我不仅有柔情的左邻
拱桥，还有温和的右舍
亭台。因此这些年
在江南，我一直无法心比天高
但命，一点不比纸薄
我有宽阔的江面，我还有优质的水源
我临渊，可织网授渔
更可学鱼跃，在低处
练鸿鹄之志

秋风里

天高，并不妨碍气爽。菊黄
也不影响蟹肥。秋风里
所到之处，眼见为实
衰草平静，不羡慕花红
而枯荷从容，也不嫉妒流水
同样，耳听亦不为虚
鸠鹊枝头言和，猫鼠和睦共处
落花和流水，有情和无意
也相逢一笑泯恩怨

秋风里，如果我的针尖
还在对着你的麦芒，请放心
我会尽力化干戈为玉帛
既保证瓦全，也力争
玉不碎

原载《绿风》2011 年第 2 期

呓　语

阿　未

石头上的名字

在一块石头上刻上自己的名字，让它
和我的生命一起变旧，变老，变得
血肉模糊。如果有一天我死了
就让它做我的墓碑吧，让它来承受
接下来的苦难与幸福，这些本该属于我的
秘密，写在它风吹日晒的脸上了
就让它一言不发，在我生命的背后沉默
模仿我生前的样子，以寡言和忧郁的
气质，拒绝浮世的繁华和酒肉的
祭献，让与生俱来的孤独避开时间的
刀法，在任何一个角落，代替我
过好安安静静的生活，而我的身体已经
不重要了，活着的想法已追不上
它在时光中腐烂的速度，当石头悄悄地
挽留住我的名字，身体就成了一场
虚空或骗局

参照物

请在我越来越深的伤口上撒点盐吧

让疼更疼，让我先于死亡
说出这些活着的征兆，像初春的
冰裂，紧接着的融化已势不可挡
我也在融化，从一个季节
到另一个季节，我总得把
疼痛不堪的旧我撕裂，让衰老
这个最无助的动词，在疼痛中转世

成为一个新鲜的名词，于春水遍地的
时刻，以草的绿意兀自铺开，成为
活着的表情，它们穿越我身体上
那些危险的细节，穿越我内心中
无数次被死亡触摸过的隐忧，在深深的
伤口上，撒上生活的盐，然后让
忽然加剧的疼，告诉我一个简单的
事实，疼痛是活着的参照物……

呓 语

请给我节制，让皱纹攀爬的速度
降下来；请给我缓慢
让我的灵魂在夜晚与白天之间懒散地
浮游；请给我食欲，让我
在余下的日子里饱食终日，或者
请给我温暖吧，让我济纳苍凉的
身体和这个春天一起绽放
在冰消雪融的韵律和第一只蝴蝶的
轻舞中，也让我心里的风景
和好时光相认，请给我
面对衰老的勇气吧，让我轻松地

越过冬天的残骸，向一直蜿蜒伸展的
梦想靠近，让我确信自己有了一个
新鲜的容颜。然后请给我爱，请给我
一颗从未破碎过的心，在庸常却
盛大的光阴里，又一次安静地完整地
爱你……

原载《作家》2011 年第 10 期

我羞耻故我在

朵 渔

雪 夜

是夜，大雪骤停。
饮酒归来，踏着
松软的野径，心静得
像头顶的月。一个青年
跟着我，也饮酒，也热血
他呼出的冷，让这个夜晚
变得异常年轻。我时常觉得
在孤独中会老得
更快些，没想到这些年
时光和酒量
被我封存得这么好，还可以
悲欢，还可以同调
还可以在迎风流泪时
结出少年的冰花。

如果，没有一份工作……

如果，没有一份工作，如何
在这世上活？没有一分地，一斗米
没有一个流浪的槽，一根

听话的缰，没有一条鞭子
一道车辙，一个公共的食堂
我不知道如何在这世上活……

我常常忘了晚餐的时间
忘了如何向一头狮子致敬
我忘了我父亲也是会死的
忘了连蚂蚁都会有求于人

上帝啊，如果我拥有一点私人的
真理，你能否赐我一个饭碗?

胡同口

北方最寒冷的
一夜，风像纸片
堆在墙角的雪
被路灯照着
三个家伙，沿着
胡同的曲线，歪歪斜斜地
找到有灯光的
酒吧，不是去喝一杯
而是要将
多年前的宿醉
再吐一次

老伙计，还是青灯
让人眼热啊，想当年
三两醉客，晃动在
胡同口，如竹马

骑来，一晃
十年，相似的开端
却没有共赴的结尾
些微的

偏差，造就了我们一生
正如这醉时月，在我的
酒杯里，它也可以是
一只鹰

曾 经
——致米沃什

你，曾经。
你曾经的，便不愿再重复
但有一种
不懈的恨，用以证明
那一切曾经是真。

满足于
不满，不满于
地图上的黑暗，在背景的
裂隙里，你将自己
藏得好高明。

如此我读着
你张望的一生，在这个
被善意瓦解的黄昏，仿佛窗外
刺穿树冠的光线，清晰地
穿越，温柔地落下。

夜深了

夜深了，鸡鸣的时刻到了
请太阳再给月亮一次机会

有多少唾沫，就会有多少星星
有多少道路，就会有多少墙壁

月亮声称在天空它就是老大
仰望星空时我们又在仰望什么？

乌云在大雨中翻脸不认人
狂风吼叫着：出来吧出来吧出来吧！
这月亮，它究竟想干什么？
为什么需要它发光时它却躲到了云里？

唯有死亡不容错过

——悼念史铁生

今天，太阳别出心裁地
从南边出来，哦，我总是
在最严峻的时刻睡过头。
据说死亡是一件
无需等待的事情
但再不去死，恐怕就来不及了。
今天是最后一天，这食人的繁华
就要接受烈火的审判
一切第二人称
也要受到黑夜的讯问
你从来不说你，只说我——

"我与地坛"
"我的遥远的清平湾"
你以第一人称死去
必将以第三人称复活
复活，是死者送给生者的
唯一礼物，作为时代的病人
我相信我也可以去死
我也有能力死，但就是
死不了。一代代人死去了
北风依然在给我们上课
闪电依然在与我们共勉
在死亡的最后一根稻草上
一只蝴蝶的翅膀
正掀起一场爱情的风暴

那就让死亡来得更猛烈些吧，死
是死不了人的。

孤立与深渊

天亮了，夜雾渐渐散去
夜雾是死者送给生者的礼物
一颗星还赖在天边不走
难道它准备向太阳告密？

树叶在向北风挥手道别，它不知道
正是那阵风将它送上了不归路

北风让我投他一票
北风以为我也是落叶的一员

我只是祖国的异乡人
我有候鸟颁发的暂住证

飞鸟在申请一只笼子
天空为孤鹰打开了栅栏

孤独也曾为我架起梯子
尽头搭在一片浮云之上

攀登这么高，到底意欲何为
难道真的要去做神马？

我们不停地挖掉自身的基础
以便让自己更加孤立

孤立，但又不是在高处
深渊显示了我们的残忍与贫乏。

听听天上的声音

听鸟鸣，痛苦的收获
听蔷薇丛中的
秋虫，日常因此有了
自己的色彩。再低下去，是穴居
动物的心跳，以及，夫子，我还听到
列兵的呼叫！带着聋耳、盲目和
噤口，从你的三尺神坛
列队走过
当三尺长剑坼裂你的

锦灰堆，夫子，就让它燃烧吧
有人需要火，有人需要灰烬
有人需要以焚书之名
让你走投无路
你倔强的牛车载不动
四海图书馆，夫子，过分的忧郁
消耗了思想。精神需要一副
合适的枷锁，且让我们听
轻雷滚动——
且让我们听听高处的声音

睡去原知万事空

夜深了，冬眠的人们
纷纷躲进了爱情的掩体

忧愁在与路人热情拥抱
大海打开了泪水的栅栏

绝望的人群在为绝望呐喊助威
冬季还邀来一场小雨一起哭泣

而悲伤早已弃我而去
悲伤彻底拿我没办法

北方集合起落叶的队伍
向我做最后的道别——

好好活下去，还有很多事情
需要活人亲自来办

睡吧，睡去原知万事空，但不睡
梦想就可能过期作废

神马浮云，终成眷属
众鸟醒来，为我歌唱。

原载《诗刊》2011 年 10 月上半月刊

贴面舞

桑　克

一

小心翼翼地搂着你的腰。
不能太轻——太轻必将导致
转圈之时的滑动——轻轻的一上一下的滑动
太像不怀好意的抚摸。
不能太重——太重必将证明
你的僵硬，你的紧张——
你多么缺乏一种对分寸感的准确理解。
你存在于你的指尖，存在于
一寸光滑的衬衫——光滑的
衬衫模拟着肌肤的几分之几？
你皱紧眉头的小指尖
又模拟着欲望的百分之几？

二

指肚是敏感的探针，
侦察着雷区的分布，小小的
隐形导火索——怎么找到它，
然后悄悄地点燃？
怎么炸掉你的心，然后让火红的轻巧的废墟

从你的面孔之上浮现？
有时存在着误解——你的温度
可能来自密闭的窗户，厚重的天鹅绒的窗帘，
来自非法的资产阶级的音乐。
不可能是我。我与木头是孪生兄弟。
是么？为什么不是石头，
不是金属，不是玻璃镜？

三

小心地捻动着手指。
你无动于衷，你的脸颊保持着
开场的气温——腰间的热度
与这里的热度似乎是隔绝的，
仿佛东西两个柏林。
我转得十分小心，避免
脸颊与脸颊之间的摩擦升级。
仿佛不动，仿佛只有这样才有一点儿
永恒的味道。捻动的手指
透过衬衫烧灼着你的肌肤。
它们是什么样的？白色的？肉色的？灰色的？
夹杂着青色的静脉？

四

你颤了一下，好像对我常年写信的
报答——回电，只有三个凌乱的字：
收到了。脚步有些错乱。
踩了你的凉鞋。对不起。
你果真颤了么——深切的怀疑
萦绕着康拉德深灰的封面——或者什么都没有，

只是你的错觉，一种由于希望
而产生的错觉——你的心剧烈地抖动，
传到手指的时刻戛然而止。
你说什么呢？对不起。黑暗之中的影子
仿佛烟雾之中活动的礁石，轻轻地
围拢来，然后又散开去。

五

猜测你的生活。你的衬衫
是借来的，一个花花公子的姐姐。
或者临时改装，炫耀你的手艺。
你的熟练是怎么来的？

可能仅仅由于羞涩而来不及作出的无机的反应，
在游击队的风暴之中——
摸着我的中指的硬茧——写字磨的，
不是枪。你的手冰凉，
夏天怎么会有这么冰凉的记忆？
一扇藕荷色的小门舒展着眼眉——
哪本小说讲过？你的眼珠
是什么颜色的？灰黑，偶尔泛点儿猫眼黄。

六

窃窃私语的潮水，是议论我们么？
乱世之中的声母韵母自动生成着什么与什么——
慌乱与羞涩使你离开——
扳回来——手指的巡逻路线
下次再延长吧。好像真的有
一个美妙的下次——黑暗是多么的

187

贴面舞

愉悦，又是多么短暂——
再这样下去，我肯定就爱上你了。
是我的身体爱上了你。灵魂呢?
追随身体，坐着火车，
穿过荒芜的松嫩平原，在一个
黄色的小火车站缓缓停了下来

原载《诗建设》2011 年创刊号

心脏内科

路 也

1

遇小北风和阴天，母亲就胸闷
在黄昏可监测到明天有雨
她的心脏已具备天气预报功能
是一个小小气象台
某天夜里，忽感到心脏要直立行走，跑出体外
她在速效救心丸的缓坡上，被送往医院心脏内科

心脏内科是医院最严肃的一个科
管理最核心器官
一个介于肉体和灵魂之间的器官
心脏内科还翻译这个器官发出的所有信号
将快乐翻译成快乐，将沮丧翻译成沮丧
将活着和激情翻译成各类曲线，将死翻译成直线一条

2

大街上，每人揣着一个小水泵
因生存、功名或情感而磨损了的小水泵
拖着身躯这个大货车斗子，匆匆前行

熬夜的、贪食的、嗜烟酒的、纵欲的、过劳的
伤悲的、自恋的、情动于衷而行于言的
善妒的、暴怒的、心高气傲的、肠子九九八十一道弯的
想争状元拔头筹的
最终都将到达
心脏内科
——这个修配厂

3

在这里，疏通管道、封堵房室
安装促使水泵运转的起搏器
（据说它以放射性元素"钚"做动力
所以约等于建起一座微型核电站）
还可支架，亦可搭桥
全是为排灌畅通而兴修水利
或许还要修高铁、建飞机场
并发射导弹
医生们个个都是工程兵

4

心脏何意？
中心，首都，国会大厦，紫禁城之太和殿
茫茫银河系里的大阳
与"心"字相关用语：
一见倾心、促膝谈心、心花怒放、剑胆琴心、心有灵犀、刻骨铭心
呕心沥血、心如死灰、哀莫大于心死、一片冰心在玉壶
我的心啊在高原这儿没有我的心——
人心不古、人心叵测、心术不正、利欲熏心、忧心忡忡

钩心斗角、人面兽心、狼子野心，饱食终日无所用心
我心本将向明月无奈明月照沟渠——
里面都包含着这个最柔软也最冷硬的字

至于"爱"的繁体写成：愛
用笔画的披纷枝叶，将一颗心层层包裹团团保卫
安放于最中间
用覆了茅草的秃宝盖为一颗心遮风挡雨
古往今来，多少人怀揣一颗心如同怀揣一枚手榴弹
为这个字铤而走险！

5

护士站的鱼缸里那只鳏居的金鱼
如此富态，没准儿已经冠状动脉粥样硬化
需要安放两个支架？

病房窗外的云雀，本想从天空攀登到天空
它的使命是天堂的高度
不料忽然大幅度跌落，俯仰在落日的树梢
也许该挂个急诊，送去做搭桥？

6

我敢说，在这个世界上只有哲学家的心脏
各项指标均属正常
诗人则是先天性心脏病患者
或瓣膜关闭不全，或心律失常，或心动过速且有奔马律
至于心脏过于正常的诗歌作者
全都对不起诗歌

诗人的心脏

是柔软的、踉跄的、铅笔手写体的心脏

能模拟全人类的心绞痛和心梗

有琥珀色泽和云母状花纹

至于一颗正在恋爱的心脏

扰乱心电图并使医学困惑

在加速度之外跳动，在流体力学之外流淌

它会裂缝，会碎，接近一盏水晶器皿

有时它会引爆，更接近一颗水雷

请设想

把一个牧师的心脏移植到一个商人的身体里去

把一个母亲的心脏移植到一个军人的身体里

把一个小女孩的心脏移植到一个政治家的身体里

白雪公主的心脏移植到巫婆体内，肖邦的心脏移植到希特勒体内

那么，世界会不会变得更加

生动和美好？

7

手术室位于走廊尽头，也是预言的尽头

被推进去的人说"再见！"

等候的人说"祝平安，我们等你出来！"

再见，再见，这扇门通向重逢，也通向永别

小时、分和秒充满暴力，踩着刀尖在走

地球放缓转动速度

上面被描绘过的山河摆设献祭的仪式

在这个占卜凶吉的门口
两个农家女子绝望地伏倒在地
把这幢十一层大楼哭得摇摇晃晃
我恰好怀抱一本黑色封面的《圣经》走过
上帝要从那册页里跑出来
扶起她们

这幢水泥楼就像那座没有来得及建成的巴别塔
混乱的语言造成隔膜
墙壁中藏匿了一些死者的灵魂
反使这混凝土建筑更加牢固
死不瞑目者偶尔会溜出，在无人的楼梯上徘徊
寻找某只丢失的鞋子
并想撬开档案柜，翻看自己的病历
寻求复活之路

8

护士帽努力维持青春的形状，小推车吱吱扭扭
驶过走廊
按床位编号分发塑料小圆盖
里面盛着六七粒大小不一的白色药片
每一粒药片都会说"阿门"
一次性输液器把正义通过细长软管接进静脉

那忧郁的蓝色，体内的多瑙河
最终蜿蜒注入心扉
躺在下方的那个苍老之人离童年多么遥远

如果她在这世上有什么缺憾，我肯定就是那缺憾
一只签字的手背向她
微微发着抖，哦，怎样才能骗过死神

重症监护室两个手术后的男人
名字差点儿因心梗而套黑
此时正无比艳羡地谈及某单位许诺的待遇之一：
"死后上报纸"
他们的谈话令我那强劲的心脏
忽然放开闸门，呵呵而笑
甚至使我的心脏光着脚丫在地板上欢呼雀跃

9

不愿在体内搞工民建的，转而求助中医
面貌清癯者穿对襟布衣端坐
抚摸细细臂腕，遥想大禹治水传说
以模糊的文学语言来描述病情：
"多思则神殆，多念则志散，水谷精华之气不能转达，
寒邪侵袭，阻滞经脉，伤阳耗气，心神失常
脉微欲绝，神志模糊，面色晦暗，口唇淡白而不泽……"
这多么像在描述黛玉在贾府的处境！
至于开处方，则相当于使用一系列名词，辅以数量词
来写一首意象派的诗
"半夏10g，桃仁12g，桔梗15g，瓜蒌20g，甘草10g，
赤芍15g，麦冬10g，玉竹6g，栀子6g，菖蒲6g
旱莲草20g，灯心草6g，杭菊花9g，
紫玫瑰花——含苞未放者10朵"
啊呀，这岂不类似于

"枯藤老树昏鸦，小桥流水人家，古道西风瘦马"？
这岂不是在描写一个繁茂的春天
从三味书屋回到了百草园？

所以，我认为中医，理应划归文科
甚至中文系

一位年轻女中医望闻问切时
穿袒胸露背欧式礼服，戴听诊器，满口西医术语
仿佛间谍正在里通外国
提及根克通，即盐酸曲美他嗪，却浑然不知
后来又说成是维生素
我在心里反驳："如果根克通是维生素
那么莎士比亚就是一个木匠！"

10

这个器官位于胸部上方，偏左
就像世上的革命大都稍稍有那么一点儿偏左
就像热烈、诗意、先锋和人文大都集中在左岸

这个器官在身体的位置
还有点儿类似于
以色列
在世界版图的位置

真正的暴动和起义
来自这里
最终以三段论的形式

宣读遗嘱或判决，以及标准答案

对生的最好论述是死，对跳动的最确切证明是停止跳动

血液巡回旅行，不超出皮肤边界

血液掀起浪花，拍打脉管壁，以千百万年之韧性

当血液由心房流入心室

每次收缩和舒张，都是相爱之道

那些蛋白质和铁

扬帆远航

11

楼道大门上，"心脏内科"字样以深红色写就

那不是油漆而是血，在闪亮

查房时间，作为病人家属，我被轰赶出来

坐在自带的小折叠凳上

那么低，那么矮，那么容易塌陷

用听天由命的姿势概括人生

在墙角凹陷的阴翳里

被自己的影子捆绑

以前半生的空旷，反刍如今戴镣铐的日子

一天比一天更老，一秒钟比一秒钟更老

脉管渐渐被烦劳堵塞，脏器齿轮老化

当泥沙俱下，冰火相交

至无可挽回

当心不再是近郊，而变成最远郡县

是的，那就干脆——

爆裂，拉倒

此刻，我尚在中途
外表疲倦不堪，像清朝末年
而身上的血，还在前不见古人后不见来者地流
天地悠悠地流，独怆然而泣下地流
抽刀断水水更流地流着，举杯消愁愁更愁地流着
孤帆远影碧空尽唯见长江天际流地流着
像盛唐那样流

12

夜晚，心脏内科病房的人都睡着了
身体的堤坝在合拢，血脉从前世流到今生
那有炎症的屋顶接通了
苍穹和时间

天空的循环系统由星团和星云组成
太阳系的 CT 是孤独的，银河系的 CT 多么浩渺
以当代为导管，插进光阴的主动脉
让 X 射线壮阔地穿透——
为古代和未来做个造影

请问上帝，人世茫茫，生死茫茫，天地茫茫，古今茫茫
宇宙之心
在哪个具体位置？

13

当太阳又在东方地平线上跳动
这幢高大的水泥楼一层一层地醒来

窗外杨树枝在空气中写着"早安"
热水房在走廊中段，弥漫出形而上的思考的水雾
通过墙壁装置输来的氧气吐着气泡，咕噜咕噜地自我辩论
床头柜上，焖冬瓜是厚道的菜，配以小米粥煮沸的深情
毛巾和碗筷们将理论运用于实践
新的一天开始了，请原谅，我对生命的喜欢比昨天少了一些
但依然有着亚洲式的耐心

14

出院那天，春雪融化
浅风摇荡在初萌的柳梢头
扶着母亲，站在医院一幢古旧的西式灰砖小楼前
把方格子围巾系好
等着车子到来
病历之厚，约等于一部长篇纪实文学
收拾好的物品，堆放脚边，它们跟人一起煎熬
熬成了家当

我说"慢走，慢慢地走——"
人跟蜗牛并无两样，生活即忍耐，在大地上
几度风雨几度春秋

是的，不可活得过快过猛，多大马力的心脏
都有自己的方言与口音
都会警钟长鸣

我说"慢走，慢慢地走——"
偶尔打盹、发愣或坐等

所有年月日根本就是同一天，一天也代表所有日期
一个人的一生其实相当于人类的历程
从蓝田到河姆渡，既然有那样一个漫长的早晨
那么也应该有同样漫长的
晌午和黄昏

原载《人民文学》2011 年第 10 期

纪事（组诗）

蓝 蓝

这就是

这就是绝望的星星独自坐在水边的黎明
荒谬的、非法的沉思。

荒谬的、非法的心
春天的晨风如何追上你？
缠绕在女贞子头顶的牵牛花如何迎面拦住你？

这就是坐在火车窗边玻璃上反射的寂寥星星
你的行李里有被你抛弃的夏季收成。

有西瓜和玉米，有蟋蟀和隐藏露水闪电的田野
有一个合唱队在树林的幽暗中齐声哀哭。

你的头巾绑在高粱的提琴上
可高粱换不来一张音乐会门票，五亩地
放不下一张椅子。

这就是你的梦想在牺牲里获取的耻辱
狂风掀翻了最贫瘠的屋顶。

你的不安是一棵就要被刮断的树
和万物自由的呼喊紧紧纠缠在一起。

天黑了

天黑了。高过树枝的鸟叫
落回在低处的巢中。

你的大女儿在刷碗。小女儿
收拾桌子。

幸福的路人看到了祝福
不幸的人却看到了悲苦——

温暖的光透出你家的窗户。

某日纪事

沉默的人们点燃了鞭炮
代替他们的叫喊炸响在北京的夜空

如果你能想到，沉默也曾经浇灭过火星
沉默也铸成铁栅栏的一根
——正是如此！

有一瞬间你站在窗口
望着烟花四坠的光芒，欢喜和悲伤
无疑在你心中升起一道耀眼的彩虹

有人愤怒，有人欢呼，有人叹息

孩子们在抱怨未写完的作业
而你慢慢回到桌前坐下，想着
明天的早餐吃什么

还有爱情的尖刺和秋日的静默——
你拿过针线，继续缝补

衣服上的破绽正如被炮仗炸裂的
漆黑天空

一切击打都能将其摧毁

这样的命运属于必然
这样的心灵就是水晶：
坚硬、脆弱、透明
一切击打都能将其摧毁
我就是那最脆弱的

一串浆果亲近着毁灭它的手
并把它当做通往大地之路
你来吧——又一次

我是如此渴望着
破碎于完整的生死之中

无处不在

他们从酒吧回来了
——乐手、歌星，眉头紧锁的诗人
把街道上的夜雨和未尽的话题
带进伊比斯酒店

他们说着比利时最好的啤酒
谈论声音那无法理解的秘密
只有一个人提到：在那间酒吧的墙上
写着这样一行字——
"这个世界上最美好的事物也最无助。"

那么，她便知道
即使永远待在屋子里
她的哀哭也依然会响起在人间
任何一个角落

远与近

人们奔向奇异之处，那指示着
现代生活的路标

我爱我的老式电脑。我混乱的桌子
我画着密密麻麻符号的破书

我爱我失眠的床。那里有一个泵
启动一颗生锈的心脏，当它因为
破碎而差点儿松开抓紧世界的手
它重新擦出电闪——我旋转

再次你来
带着春天给我的允诺
我爱你老式的爱，你的勇气那沉甸甸的
椅子。坐下——开始第一口呼吸

语言和思想

有首东蒙民歌唱到：那些树上的叶子
争相落在人们的脚旁。
但有一次我忽然想：
这是为什么？

赫塔·米勒女士在童年的故乡
为她要学城市德语和罗马尼亚语感到迷茫
一棵乳飞廉的名字令她心慌。这小小的植物
或许应该有更正确的名字。

如此这般的例子很多。

语言的篝火需要柴禾。或许还需要
想象力的油。氧气。风，和必需的
寒冷与黑暗。

当它们燃尽——我是说
那些柴禾没有了。
是不是火就要熄灭？

仅靠语言活着的人们
是危险的。

天上会降下火种。的确。
这近似于神话，全靠幸运。
况且柴禾会被淋湿，会烧光
而赫塔·米勒仍像策兰那样在用某种语言书写。

而树叶仍然在向人们身边飘落
——靠着大自然不慌不忙的信念。
还有：真实的火。

语言，这位苦恼的墨涅拉奥斯
究竟想要的是特洛伊的海伦还是
埃及的海伦？

"语言不是故乡。"她说。
我以为她是对的。
飘落的树叶也是对的。
——先生们，
在伦理学就是美学的法庭上
生活的陪审团会同意这些话。

原载《诗刊》2011 年 10 月下半月刊

乘飞船远行

刘洁岷

于是我和我的身体被覆在白雪之下
于是我从海底仰视内陆的城市与海上众邦
又鸟瞰环绕着海湾的村落

于是我看见有人打开又关上玻璃滑门
有人从窗口扔出草帽和几块破碎的骨头
有人洗脸,有人扛起液化气罐子

有人要走有些人要留下来
有人举起酒杯,哦那杯子多么清脆
有人像坐在车上,像车子进入弯道前一刻

他们的身子稍微向一边倾斜
有人将这只手拿开,这是你的手
留下景泰蓝指环和一道浅浅的斑影

有人将一个男孩儿放在街上
大街那么大,那么多吐丝物
而弄脏的小孩,是孤零零一个

有人在一幢旧房子里取下一帧新照片
有人夹着一卷树脂山水从人丛匆匆而过
有人的脑袋从烟囱口冒出来

就气球般飘呵飘，飘到鸟巢了
有人说必须在看得见大海的地方
搭建一座电话亭子

有人说榜样的力量是无穷的
有人说必须拔掉墙上挂东西的钉子
有人把一小片乌云寄给月亮母亲

有人在挥手比画那些铿锵辞句时
众鸟笔直地坠落
在座的人大笑起来

有头种猪是野兽，有只灰鸽是家禽
有一束月季在捧回老家的途中枯萎了
如痴似醉，还紧抱着干啥？

有人想说爱，唉碰巧今天心绪不佳
有人经历过一系列刻骨铭心的事
感动的和懊恼的

有人泡（并非出于本能）别人的宝贝女儿
但忘了自己曾经结婚
有人浪费自己又推崇自己

下午已近黄昏的时分
白发人出现了，畏缩着，晃摇着
每一个黑发人都是熟悉、可亲的

他们远远地待在一旁等待着
一夜星光
使他们的白发又白了不少

当有人渴望独处，秋天
就零零碎碎整个儿地来了：发黄的树木

深褐的土地，满垃圾场的篝火
大街上匍匐乞讨的人陡然间失踪了

不少；教室空荡
红蚂蚁随着山岭后面的晚霞

渐渐淡下去了；翻耕了的郊区
凄清成一幅黑白木刻

当你想不起哪是该听
该说，该做的事——

一阵霜霰在无人的路口悄然降临

有人从事的工作，部分的工作
是翻弄一册破损的档案

查阅谁是飞翔者，谁又是那
在河水暗绿色底部的人——

芦苇从脸上扫过，河泥冰凉柔软
在夕阳营造的黄色光波中摇荡，那时

有人画过一根黏糊糊的细线
就睡了，醒来纸上什么也没有

也许是用错了笔
也许是那根线条孤孤单单

过于纤细了，还需要粗大、劲健
沿闪光钢轨一线游走的形象

缠裹着纱布的鸟鸣。红卫兵的
铜扣皮带。电脑病毒。地主的箩筐

覆盖大陆无所不在的巨大的肖像
在这青铜之夜，明亮而幽暗

斗笠蓑衣被弃掷在地板上
窑洞中一只僵硬的蝙蝠

那个人真的死了——错误的死，造成了
另一个与之未曾谋面的人的呻吟？

那人写下一行毛笔字，另一个

与之隔世的青年用键盘添加一串感叹号？

而你所从事的工作，是冰中取火
是把毫无关联的残片收拢在一块

是给水星人写信
这之间又给她打个电话

她就赶忙把空杯子满上
因为你刚刚饮过

那是另一种知识，比他们所理解的
还诙谐得多，十分文雅

而在生死之间是皮带是箩筐，仍然是
缠裹纱布的鸟鸣，是病毒是反噬

是政敌被凌虐致死或亲属被终生放逐，
是汗血黑马，沿闪光的钢轨一线奔走

有人跳舞，仿佛一只尊贵的鹭鸶
一只鹭鸶从照得雪亮的大厅尽头

朝你们缓慢地飞来

你们中间有一张餐桌
五副餐具，桌子中央
有一条木鱼一小盆吊兰，和若干

接近于无限透明的措辞

雾起了，从身后漫过来
你们准备进餐

还有一个人在唱歌
有黑压压的人群竖起千万只耳朵

你们听，你们听：那通俗歌手
已脱得一丝不挂

她用沙哑的喉咙透露一点点
一点点令人吃惊的事

到处都是你们祖国的母亲，都是与你们
同样破烂的人；她唱着

摇摆着，以小麦色的肌肤，笑声的尖利
唱的是穷得屙屎都不长蛆的呻吟

她唱着，走动着，窈窕的身子
被什么几乎看不见的大风吹弯了

风起了
请大家开始进餐

幸运的嘴巴，难以置信的菜肴
请把那块热湿毛巾递给我

逃跑之前，我来谈谈我所看见的
一些千真万确的事

我看见公共汽车比自行车慢

山地车又慢过步行

小轿车则是最慢的

一列火车全速穿过广袤无人的广场

我看见一个篮子小又小
三个鸡蛋装不了

我还看见花
又开了，知了没有叫
我还看见狗
变成人后沮丧极了
喜怒无常，即便迷了路
也从不找人打听

我还看见满山满谷滚动骷髅头
我看见长得仿佛楼梯的部长气喘吁吁

一个游春之日的副主席蹲了下来
咽食，揩汗，脱了件毛衣

我看见一个人转眼升到了山上
我看见一个学员
穿着拖鞋在高原漫步

城区的形状，河流的光芒
在山下隐显着
直到溶入你的眼底
你的头发的颜色
似乎更葱翠了

你仰起头，仰起头，额上湿湿的
直到带空调的豪华放映厅
重新灯光通明，重新
变冷，杏园的雪
落在肩上

雪落在床头
一只猫在家里

因为太冷
你们只好热衷于做爱
一只猫在家里
等于一群小动物在房中
一整夜追来逐去，天亮才静下来

一只花猫使孩子移动的目光加倍澄澈
一只白猫，使家具的轮廓模糊
昏暗中浮现出雪白的一团

虽然在动
却似乎是没有知觉的

做一只猫多么不幸
一只猫一生要邂逅多少只老鼠？
而老鼠，羞涩、俊秀、敏捷
和一只装满蜂群的小箱子，追随继父
一同活在冬天的树上

因为太冷
你们暂时停止了交谈

一座巨大的建筑工地的汽锤
也停止了夯击；吊车
在雾中盘旋；脚手架上

飘下来一个睫毛霎动的少女
她来，给荒凉街头的人们带来了
古老、过时的风尚

你和我在正午看到她时
就发觉上午
与下午脱节了——她是来自

金色的深渊还是权势的源头
是来自哪个星座哪个橱窗的姑娘？
（周围的事物都有了反应）

她坐了下来，大口地啃吃
番茄，流畅的动作
就像在某个故事中一样

晚风吹拂，令人赞叹
她一坐了下来天就黑了
天黑了，就又亮了

从早晨的阳光洒向她
到她从《天边》上抬起头来
足足有一个世纪

原载《作品》2011 年 1 月上半月刊

拟诗记（选三）

阿　翔

松　开

从侧面看起来，排在我们之前的人，神色已经平静。

蝴蝶用尽那么小的力气

让结局变得悄无声息，是不是这样

无人知晓。

你听见雨水零星敲击窗户的声音

有几片叶子落下来

此刻你需要个人，需要所有的记忆

即使有了需要，你并不会去想，像旧病一再复发

慌张又娴静。那些人依旧没有醒来

你肯定不信

谁敢说离群索居，可有可无的念头，使身体流不出汗

历尽了压抑

脸上泛着红光，跑向盥洗室

攥紧的手有些犹豫

我摇了摇头，怎么还可以喝醉

这个月份；未遇见雨水之前夜晚是空白的

之后，雨水荡起尘埃

承受不了太多

而尽头是陌生的房屋
整个春天又过去了，你的眼神
伸向别处。
闪电还在很远的地方；我站在外面，已经看清一切
绿绿的湖面，那么粼粼，那么清亮
所以我不说松开，亦不说缅怀。

反隐忍

早些的时候，我努力给拼音生活增加粗粝感，我是说
拼音已叫人难以辨认，含糊不清
以至于龇牙咧嘴的
几乎叫人生趣全无。
我对她说声抱歉，那可不是我的错
雨水不能颠覆一切
没有敲钟人的夜晚
她还得停下来，稍稍停会儿
剩余的光明在她身体移动，或者说是被她照亮
让她容光焕发。
每天相互熟悉，但是更多的路
把我们分开。短暂相聚，然后离开城楼
因而我该继续干点别的
把白天的照片和信，一封接一封地
撕给黑暗，像众多羽毛的飘荡
从过去熬到现在
风渗透毛孔，我渐渐耳鸣。
"拿去做梦吧！"她说嗯，泪痕未干
我现身，把自己从内心逼了上来，绝不主动凑近
手心朝上，她并不是懂了全部

她可以洗掉伤口和身上的野花味
变得干干净净，在我醒来前
留下两行沿着地板的
小脚丫印，好吧，请容我慢慢擦掉
让我再一次睡去。

应　和

这是在夏日，九月是中年的酷热，躲藏白发，躲藏流动的人群
目中无物的时刻，碰到以前的朋友
真的是变了
形形色色，辨认不清，形同虚设。
燃烧的虫形，必须，就剩下大面积聋哑

因此我说不出话来，蔓延到手臂
纸比竹子烂得快
滔滔不绝，多动而活跃。现在你坐在那里静候
身上疾病的乳房，舞动的小黄金
像坛子融进心脏，杯中的酒比冰还冷
我不忍喝下，也不容于
向下的坠落。
高的和低的，层出不穷的道具，绝望，还剩下什么
你所看到的剧情，已经被篡改
造物中渺小的绿芽，轻颤的舌尖，在睡梦中
旅行箱不知所踪，我忍受着
不能说出的隐秘，一年已经结束
也是你的开始
足够一夜的欢娱，足够我
在小纸条写诗

然后销毁，无声无息，就像今天褪掉肿色

接近俗艳的正午

是的，再多的雨水，在阳光下照见你灵魂的暗影。

原载《现代汉诗》2011 年第 1 辑

诗三首

陈先发

箜篌颂

在旋转的光束上，在他们的舞步里
从我脑中一闪而去的是些什么

是我们久居的语言的宫殿？还是
别的什么，我记得一些断断续续的句子

我记得旧时的箜篌。年轻时
也曾以邀舞之名获得一两次仓促的性爱

而我至今不会跳舞，不会唱歌
我知道她们多么需要这样的瞬间

她们的美貌需要恒定的读者，她们的舞步
需要与之契合的缄默——

而此刻。除了记忆
除了勃拉姆斯像扎入眼球的粗大沙粒

还有一些别的什么？
不，不。什么都没有了

在这个唱和听已经割裂的时代
只有听，还依然需要一颗仁心

我多么喜欢这听的缄默
香樟树下，我远古的舌头只用来告别

稀粥颂

多年来我每日一顿稀粥。在它的清淡与
嶙峋之间，在若有若无的餐中低语之间

我埋头坐在桌边。听雨点击打玻璃和桉叶
这只是一个习惯。是的，一个漫无目的的习惯

小时候在稀粥中我们滚铁环
看飞转的陀螺发呆，躲避旷野的闷雷

我们冒雨在荒冈筑起
父亲的坟头，我们继承他的习惯又

重回这餐桌边。像溪水提在桶中
已无当年之怒——是的，我们为这种清淡而发抖。

这里面再无秘诀可言了？我听到雨点
击打到桉叶之前，一些东西正起身离去

它映着我碗中的宽袍大袖，和
渐已灰白的双鬓。我的脸。我们的脸

在裂帛中在晚霞下弥漫着的
偏街和小巷。我坐在这里。这清淡远在拒绝之先

秋鹨颂

暮色——在街角修鞋的老头那里。
旧鞋在他手中，正化作燃烧的向日葵

谁认得这变化中良知的张皇？在暮光遮蔽之下
街巷正步入一个旁观者的口袋——

他站立很久了。偶尔抬一抬头
听着从树冠深处传来三两声鸟鸣

在工具箱的倾覆中找到我们
溃烂的膝盖。这漫长而乌有的行走

——谁？谁还记得？
他忽然想起一种鸟的名字：秋鹨。

谁见过它真正的面目
谁见过能装下它的任何一种容器

像那些炙热的旧作。
一片接一片在晚风中卷曲的房顶。

唯这三两声如此清越。在那不存在的
走廊里。在观看焚烧而无人讲话的密集的人群之上

原载《诗建设》2011 年创刊号

阿斯加诗篇（节选）

东荡子

它熬到这一天已经老了

死里逃生的人去了西边

阿斯加，他们去了你的园子

他们将火烧到那里

有人从火里看到了玫瑰

有人捂紧了伤口

你躲不住了，阿斯加

死里逃生的人你都不认识

原来他们十分惊慌，后来结队而行

从呼喊中静谧下来

他们已在你的园子里安营扎寨

月亮很快就会坠毁

它熬到这一天已经老了

它不再明亮，不再把你寻找

可你躲不住了，阿斯加

倘若它一心发光

一具黑棺材被八个人抬在路口

八双大手挪开棺盖

八双眼睛紧紧盯着快要落气的喉咙

我快要死了。一边死我一边说话
路口朝三个方向，我选择死亡
其余的通向河流和森林
我曾如此眷恋，可从未抵达
来到路口，我只依恋棺材和八双大脚
它们将替我把余生的路途走完
我快要死了，一边死我一边说话

有一个东西我仍然深信
它从不围绕任何星体转来转去
倘若它一心发光
死后我又如何怀疑，明亮或幽暗
一个失去声带的人会停止歌唱

宣读你内心那最后一页

该降临的会如期到来
花朵充分开放，种子落泥生根
多少颜色，都陶醉其中，你不必退缩
你追逐过，和我阿斯加同样的青春

写在纸上的，必从心里流出
放在心上的，请在睡眠时取下
一个人的一生将在他人那里重现
你呀，和我阿斯加走进了同一片树林

趁河边的树叶还没有闪亮
洪水还没有袭击我阿斯加的村庄
宣读你内心那最后一页
失败者举起酒杯，和胜利的喜悦一样

那日子一天天溜走

我曾在废墟的棚架下昏睡
野草从我脚底冒出，一个劲地疯长
它们歪着身体，很快就掩没了我的膝盖
这一切多么相似，它们不分昼夜，而今又把你追赶
跟你说起这些，并非我有复苏他人的能力，也并非懊悔
只因那日子一天天溜走，经过我心头，好似疾病在蔓延

将它们的毒液取走

毒蛇虽然厉害，不妨把它们看做座上的宾客
它们的毒腺，就藏在眼睛后下方的体内
有一根导管会把毒液输送到它们牙齿的基部
要让毒蛇成为你的朋友，就将它们的毒液取走

倘使你继续迟疑

你把脸深埋在脚窝里
楼塔会在你低头的时刻消失
果子会自行落下，腐烂在泥土中
一旦死去的人，翻身站起，又从墓地里回来
赶往秋天的路，你将无法前往
时间也不再成为你的兄弟，倘使你继续迟疑

哪怕不再醒来

这里多美妙。或许他们根本就不这么认为
或许不久，你也会自己从这里离开
不要带他们到这里来，也不要指引
蚂蚁常常被迫迁徙，但仍归于洞穴

我已疲倦。你会这样说，因为你在创造
劳动并非新鲜，就像血液，循环在你的肌体
它若喧哗，便奔涌在体外
要打盹，就随地倒下，哪怕不再醒来

把剩下的一半分给他

你可曾见过身后的光荣
那跑在最前面的已回过头来
天使逗留的地方，魔鬼也曾驻足
带上你的朋友一起走吧，阿斯加
和他同步，不落下一粒尘埃

天边的晚霞依然绚丽，虽万千变幻
仍回映你早晨出发的地方
你一路享饮，那里的牛奶和佳酿
把剩下的一半分给他，阿斯加
和他同醉，不要另外收藏

原载《南方诗学》2011 年第 2 辑

阿斯加诗篇（节选）

诗三首

余 怒

空虚也罢，糖果也罢

时时谈"空虚"，其实
不是。我是观众，知道
拿眼睛看。我没有失去
说话的功能，只是不想说。
嘴角中风，有点歪，舌头下含着
融化了一半的糖果。味觉告诉我，甜。
影片开始，情节里出现
三个人。围绕某个东西转圈。
三角关系，我不关心。
一个孩子哭，嚷着，尿尿。有人在
轻声指责他。引起更多的
孩子哭。尿尿，呜呜。有人吹起
哨子想制止，结果可想而知。
一晚上看了五部影片，脑子有点乱，但我知道
此时置身何处，什么缘故。
电影院里开放了冷气，不用你
告诉我，冷，还有，
另一半糖果什么时候融化。

老头们

医生这么安静，我们也可以安静。
每一个动作，我们都可以事先不打招呼地
模仿她。她眼睛瞪得老大，扫视着我们这些老头。
"解了他们身上的绳子"，她对护士说，后者
支支吾吾，"但是到了夜晚，"但是到了夜晚我们
又能怎么样？胖老头扔了针管，坐着等：大个子

将鼻血抹得满脸都是，就着小镜子一根根地拔眉毛：
我抱着撕开的枕头，赤脚站在水泥地上，低头不语。
九点钟，熄了灯，跳蚤从这张床跳到那张床，跳跃声
清晰可闻。来啊，大眼睛医生，来啊，小护士。
抓住它，像对待我们，用细如毛发的绳子。
哦我冷。有一只拳头会找到我们，揍我们。
我们老了，我们不是跳蚤。（是不是？）我们渴望
某处着火，人们跑来跑去，忘了我们的存在。

致友人函

胯部以上的恐惧。我准备好了。
说来听听。爱睡懒觉的习惯、
阅读习惯、朋友之间的吸引力，有关你的一切。
你瘫痪了（信是这样开头的），把身边的人都
撵了出去。不想看见老人和布娃娃，拥有很多敌人。
"滚，别在临终前让我去公证处，这些鸟事我根本
不去想也没有客观条件容许我去想。"事情如果到此
为止也就罢了。但不会。包括我在内的这个世界不会。
把闹钟设置得每分钟闹一次，表示对
逝去的某个人或某些东西的哀悼。嘀嘀。

嘀嘀嘀。你记起来吗？（卡通猫吃掉了卡通老鼠）。
无论你说过和做过什么，请保持被忽视的连续性。
你把手机扔进鱼缸（信中说），突然有一天它响了
——某某，新年好——震得水也啪啪响。水中有一条
大肚子金鱼，本来很理性，一下子变得
烦躁起来，开始晃动鱼缸。你们很相似。
今天你病了，明天我也会。乃至所有人。
有人建议你去听音乐吗？（我尊重你的疾病），和着
音乐的节奏咧嘴笑。把音乐当做旋钮。也可以去森林
的边缘听情绪失控的母猴子唤小猴子，掰一片面包
诱引它们跳到你的肩上，感觉它们、你都是真实的。
总之，有的是办法，允许它们

发生在你身上，接受来自制度的某种补偿。
去非洲漫游也许是个好主意，骑在长颈鹿背上，
孤零零而自由。糊里糊涂而自由。如果我是你。

原载《滴撒诗歌》2011 年创刊号

春光（组诗选七）

春　光

水中春光，金色的项圈在喂养波涛，蓝色在打捞
心在暗处，凿天借光，桃红在天外幻想着桃花
瞬间反抗瞬间，让云雀归顺了春风
瞬间在绿呀，瞬间在红，瞬间推出瞬间的云天万重
梨树下的光斑，喂养钻石，喂养春鸟，喂养我的心
我有一段情呀，让一个不响的铜锣，幻想太阳
我有一代人的脸，在瞬间，又被桃花替换了粉红

石　头

石头白光，从小河上岸，与青草纠结着沿坡而上
春光分出白鹭，分出云中的卵石，空心的飞那么持久
我听土地热乎，白鹭在叫棉朵，应声困在石头
我看见英雄的胸中，堆满石头。我听石头，呼叫雷公
春雨下山，春光倾泻如梯，让缪斯妹妹下来嫁给我
上坡的石头啊，吹着埙，在我家门口集合，迎风逍遥

青　草

南国浮动的海角，残冬席地卷起，春光开始播种青草
光的阴旋转树冠，候鸟的风铃，背走造冷的风箱

231

春
光
（
组
诗
选
七
）

号角生下蝉虫，钟鼓老成磐石，琴弦种下藤条
轰鸣的旗帜种下了我，七星银勺里的春晖种下了你
春光的顶针，顶着种子的悲智发芽，针针织就田园，
缪斯妹妹，让狮子在我们耕作的领地，像理想一样安睡吧
让我们创作一套无人骑过的马鞍，轮回到青春年华
缪斯妹妹，草叶青青挂满雨水，英雄的心空空如也

兰　花

春光殷殷。那边，各种灰鸟自我投掷肉身，掷过垂天雨幕
这边，又是无奈的薄雾，在山冈漂流。一堆刀片，织成兰花
在书桌，又是清脆的白纸在吹响，翻看一个个文字蚁穴
又是，我的长恨歌，拨弄万壑物哀，堆满群山的风仓
又是一撮猪毛，在钻一朵永不凋谢的兰，钻白天的空
又是，流星追诉贞洁的尖刺，在今夜蜇伤了圆月
春光殷殷。圆月在深山舔着我的兰草，我锁在灯下的牢笼

番　茄

番茄困住番茄，番茄困住红和绿的骰子，困着眼影
每一个番茄，色绿的宇宙，在演成一点色红
番茄黄花，在走向番茄途中，遇上了色绿，又遇上色红
千万色绿的番茄，抱着雷声淫淫，奔向无端的色红
色红，色绿，绝望的红，绝望的绿。还有绝望的日月
缪斯妹妹呀，万千的雷雨，万千的风，万千的绝望在途中
缪斯妹妹呀，每个番茄，衔着一滴暗，催促番茄消失

秧　苗

簸箕中的谷种撒下，撒到水的中央，撒到波纹之下
撒种，撒种。谷芽长在，水中天宇。隔离惆怅
楼外的楼影，山外的雁行，都赠送给这一年的春光

我吹风，我云雨，我引水中的火，赠送给泥土
我的犁铧，我的耙齿，我的耕牛，已经赠送
为了打造，这一幕岁月的幻影，这2011年的笼子
一只布谷鸟，夹在身前身后，两个美梦之间，悲如铁

鸡 鸣

鸡鸣呜呜，饮尽残阳。鸡鸣咕咕，饮尽韶光
鸡鸣连着鸡鸣，山峰连着山峰，云雨的千万褯裸挂在空天
石头靠着石头，树摩擦着树，山路如绸在风中起伏
鸡鸣空空，叫万物做成春色。鸡鸣慌慌，叫人养成心灵
鸡鸣崔崔，画着水墨长空。鸡鸣遥遥，与闲愁相约红透

原载《作家》2011 年第 8 期

诗二首

吕 约

最后的要求

你，我们，他们
还有什么要求？

要求笑，要求哭
要求大声，要求小声，要求闭嘴
要求记住要求忘记

眼睛和嘴巴，手和腿
在传达要求
如果是"心"在违反要求
让它认错

刀子，炸弹和核武器
要求人们注意它的要求
只有那些用手抱头，发不出声音的
放弃要求暂时

有的要求是历史派来的
有的宣称是未来派来的

嗓门最大的是"现实的要求"

有的要求派出军队
有的写来情书

拒绝一个要求
是为了满足另一个

每一个漂亮的形容词
都是一个要求
一个词下达了无数个要求

"我对你没有要求"
这是最高要求

刚刚睡着的孩子眼角的
一滴泪，请你放弃对他的要求
这可是
放弃整个世界

一些死亡也无法满足的要求
镌刻在墓碑上，国旗上

幸运的是，要求并不总是盯着我们的眼睛
它有时也会打瞌睡
抓住这个时刻，抓住所有赦免的时刻
——这是我对你的唯一要求

成为野蛮人

昨天的胜利者

把我拖到操场中央
旗帜升起，而我的脚在地上生了根
无法跟着它一起升起

他们的继任者，那些被未来宠坏了的人
在电视上朗诵未来写给他的情书
在香气扑鼻的市场上
掏出我不认识的货币

只有那些在黑暗中找到了家的
微不足道的人，也许是我的同类
请我坐下，坐在他们

用绝望和希望钉成的长凳上
他们闭上眼睛，语言就流了出来
他们将手放在胸前，语言就流了出来
他们用梦中发明的语言祈祷，也许是在为我的无知祈祷
而我还在等待我的词出生

原载《坐标》2011 年卷

沙雅之书

一

每一粒沙都是枯萎的水滴。

沙漠则是超越是非的江湖。

我，一个少数，并非局外的多余，并非为零。

二

在沙雅，我愿被十二木卡姆最民间的演奏，

我愿被塔里木河奔流，

我愿被胡杨林团结成木乃伊，

我愿被葡萄的甜液海市蜃楼，

我愿被新疆虎发现。

三

在夕阳的火焰里反复出没的

不是婚礼上的那几条烤鱼，

是一把弯月形玛瑙刀，

它的魔力和咒语

不为知识界认知，

但街头的大馕和滚烫的沙土

十分清楚：它是胡杨金黄的灵魂

和鹰的雄姿所锻造。

四

一辆风沙追赶的驴车，
集市上以公斤为度量衡的交易，
清真寺的圆顶，
这一切，教会我什么？
最多是记忆：一种对活着的事物
充沛的情感。
一种对死亡能力的敬畏。

原载《诗建设》2011 年创刊号

从一而终的河流（组诗）

宋晓杰

草　色

天空的大帆，越升越高
是去年秋天落下的帷幕吗？
风是陀螺，如果它不拼命地转
叫不醒睡思沉沉的花骨朵儿
我搓着冰凉的指尖——那些
僵硬的枝条
冲出房门……站在阳光下，我才舒坦
我要想想淡粉、鹅黄，想想漾开的水波
想想幼兽滑爽的皮毛儿，和那些
温暖的事物
一点点松软，抽出体内的淤寒
草色还远没有着落，但郁金香像一团团
旺盛的火苗，竟自燎原。它不具有杀伤力
也不是令空气颤抖的红绸，
但小镞的叶片锋利
霍霍地，暗藏着蠢蠢不安——是的，

如果，我行走，就是英雄和夕烟
如果绝望，就是一棵委身于草原的草

重新在人间，经过——
不敢说出细小的孤单

今日惊蛰

雨水是个慢性子，从前些日子
走到今天，也没看到影儿
但是我相信：它正在日夜兼程

从今天开始，要注意养生——
预防流感和麻疹；戒躁戒怒，晚睡早起；
松缓衣带，免冠披发。另外还要
擦亮眼睛看、支起耳朵听
在夜风中，俯下身，护着红红的
直筒的小灯笼……

如果还能爱；如果还有
泪水，在眼眶里浅浅地噙着
在这一天，都请醒来吧：
扭着身体的幼虫、腾起四蹄的小兽
还有——睡得太久的故人
在暗夜，轻轻地翻个身

中　年

差不多就是这样子了——
如果，没有什么变故和灾难
血压将不再升高。就这么
窝窝囊囊地，越过山顶
进入下坡……

破空而来，绝尘而去
这两件事的速度太快了，让我眩晕
我只想——坐在这两座山之间
贪生怕死地，慢慢消磨

允许败笔、俗套、顽疾、坏习惯
它们跟随我多年了，已成为我的老友
一个也不能少；允许缓慢地回头、答话
更多地微笑；允许坐在重要的场合
像个标本，决不诘问、指责
允许动不动就爱掉眼泪；允许自恋
爱运转多年的机器，爱骨肉、血脉和手足

并看好它们：不减少，最好也不要增加
慢慢地就好了——我不是瓷器。是陶。
再没有翅膀了，每片羽毛都是沉的、厚的
——恰好，适合护住所有的近亲和山河

平安夜

在异乡的灯红酒绿中
一个人的"平安"是可耻的

北京城，乃至更远
大地上不是平安，而是欢腾
雪迟迟没来，却并不影响人们快活
我也是爱快乐的，但是，600 公里之外
细菌在儿子的体内也开始欢腾
药片、睡眠、红糖姜水，都无济于事

热闹我能想象，疾病也能
只是——橱窗里的灯火点起来了
圣诞树的松针，明明灭灭，
像五颜六色的针，
一下一下精确地刺痛……
天空中，多出两颗焦灼的星星
十字花儿旋转的光亮

"平安"是一个联合词组
在异乡的灯红酒绿中，一个人的
平安，是可耻的

突然想起满眼的野花

不在具体的哪一处，也不是
具体的哪一种：紫粉、湖蓝或橙黄
都行。但是，一定要是清一色的
整整齐齐地仰着小脸儿

我喜欢花，更喜欢那个"野"字
有点儿霸道，有点儿寂寞，还有点儿——
还有点儿安于命运……这么多年
它们一直端坐于我的内心
晒太阳、不知道愁，在微风中轻轻地
摇头晃脑，偶然地死去或活着
我几乎已经成为——它们中
必然的一个

有人在黑暗中说话

这是秋分时刻，这是又一个

降临的黄昏。云朵穿行
月亮正在变圆，发挥作用
院子里有几分安宁，几分骚动
我坐在空中楼阁，被远方的事情苦苦折磨
有人在黑暗中说话，似喃喃的秋虫
低一声，高一声，没有具体内容

"最初的黄昏，在室内不应点灯"
这是关键的时刻，我被分成均匀的两部分
一边留守；一边加衣裳，准备动身
有人在黑暗中说话，并不能改变什么
这的确是一个急需填满的夜晚，而梧桐
一动不动——在越升越高的月色中
我无可挽回地，慢慢下沉——
慢慢深刻，成为深渊……

为什么总是被远方的消息击中

为什么总是被远方的消息击中
一次次地，心似莲蓬？
为什么，那么多事情都与我相关
难过、悲戚，流不出泪，整夜整夜地
数着绵羊和星星？

我站着——谁都看得出，我是一棵
没病没灾的树，不多言多语，也不招风
但是，为什么越来越弱，一次次地
被不认识的事物蚕食、掏空？

我残余的力量，越抱越紧

像一辆破旧牛车，全神贯注地驶向纵深
——迟早，也会像碎成一地的老古董
我感到，自己正一点点地，变成
尘世没用的穷亲戚……

锈钉子

它来源于一次闪光的誓言和掷地有声的
穿越……它是年轻的岁月，以及锋芒

不过，很快就翻过山去，像悬空的
那朵白云，没费多少力气……
那些呼啸的风声、雷霆过后，成为一个
过气的人，暮色又加重了几分

锈钉子，是身体里的暗疾
无法医疗，更无法治愈……
像时间的伤，与时间根本没有关系
它深深地陷入绝境，无法自拔

土 豆

你是温和的，需要慢，不能说话
躲在暗的角落里，才舒心养胃
灯光是昏昏的，均匀地覆盖。倘若打开——
就会有山坡、丘陵、盆地，和一条条奔赴的路
深浅不同的阴影，就是这么来的……

多少年了，在浩荡的人群中
想起最多的，就是你，和我自己

的出处……当然，我是乐观的：一边在花围裙上
抹着手指上的菜汁、咝咝地吹着凉风
掀开锅盖；一边耐心地等待
——永无出头之日！

原载《福音诗报》2011 年春之卷

反　向

张执浩

牧鸭女

你是有蹼的，吵闹的，群居者
你是下游的一部分
春天下起了细雨，你是潮湿的
漫无边际的流水
消瘦的肩膀朝向天门
你是倾斜的，内敛的，小人儿
你的鸭群梗着脖子
上溯一千米，便是银河
平原浑浊，而你带来了清澈
太阳下眯眼睛的人，合不拢嘴的人
刚斗完地主，又要去拔稗子
那一年，我是下中农的儿子
养鹭鸶、乌龟和鳝鱼
夏天到了，我睡在野枣树下
天上飞过小飞机
鸭毛铺满大地
你是有翅膀的，可是你从来不炫耀它们

身边的丘陵

——给修文

如果我热爱起伏，你就要不断绵延
从少年到中年
这些山越长越矮，止息于
现在：一座坟茔升起，一位母亲蹲下去
在门前的菜园里
红薯藤、豆角架、南瓜秧串联起

悲伤和喜悦
如果我还有缅怀，你就要
在竹林深处举起一把炊烟
从中年到少年
我一边弹烟灰，一边抚摸
你的骨灰脸
这灰中之灰吸干了我的泪水
这脸中之脸让我终生不敢成为别人的儿子

秋日即景

原野扁平。穿夹袄的妇女边走边解纽扣
婴儿的啼哭声越来越近了
她终于跑动起来，夸张的双臂
蛮横地抽打空气。阳光明艳，照见
这个一清二白的下午
一群觅食的雏鸡走出竹园
一头猪獾在红薯地里刨出碎骨一堆
最后几片桦树叶掉下来了
一只蝉壳落在脚边

我连退数步，回到儿时
那时，我也有妈妈
那时，我正含着一颗咸乳头，斜视秋阳
热浪掠过胎毛
并让我隐秘的胎记微微战栗

反　向

我体内有逆流和朔风
当我坐下，其实，并没有落地生根
热风，汗毛，嘹亮的号角这样吹——
"丰收在望，压倒全乡……"

一群铲草皮的少年
蹲在四干渠的斜坡上
他们身后顺序排开三座石灰窑

一堆采挖石头的父母，看似
羔羊，其实更接近炸药

火柴厂遥不可及
青烟直立，一些人种树，另外一些人伐木
在那么远的地方，我曾经渺小，身无长物
在那么远的地方
我体内刮春风，躯壳推波逐浪，手心里拽着
一截湿漉漉的导火索

神　马

请捎个口信给死去经年的母亲
我还在人世挣扎

世道变了，土地被再三翻新
沿河一带，度假村林立，那些钓鱼的
人从来没有吃到过你烧的鱼
所以他们不知道此刻我内心的味道
一个年过四十的男人
一个老儿子，老男孩
他借助飞机、巴士从湖北辗转来到云南
终于在一个叫和顺的古镇停了下来
他面前有一匹马
一匹神马，没有身体
那个年轻的民间雕版艺术家一直这样
自言自语："如果你也有亲人
活在地狱，可以让它当信使。"

落枕者说

我已经记不得故乡的全貌
昨晚，一座山出现在梦里
为了看它，我落枕了
今天我必须歪着脑袋枯坐
在这里
天色阴霾，愁云惨淡

过往的风声穿插在微弱的心跳声中
我想象着你飘忽的轮廓
从黑布瓦中渗出来的烟雾，我想象着
鸡飞狗跳的黄昏
牛眼依然是清澈的，多情的
还有你们的
那些并不高明的玩笑……

一种近似于痛苦的东西
被我简化成了疼

一群羊想过铁路

一群羊想过铁路
一列火车在正前方
这是我第几次看见这样的景象？
绵羊柔软
火车粗暴
这是我第几次这样说？
痛苦的时刻是需要作出抉择的时刻
我一会儿是头羊
一会儿是火车头
而铁轨向前伸，蒸汽越来越浓
一群羊走在雾中
一列火车走在雾中
它们并行
它们穿过我日常的空洞
而我什么也没有看到，也没有看到
是什么东西在挤压我的喉咙

中国候鸟

你肯定没有见过这么多没有翅膀的鸟
没有羽毛，没有天空
每年此时，他们幻想飞一次
千山万水美好
抵不过那座远在美好之外的空巢

只被几块石头压着的空巢

你肯定无法想象他们匍匐着

穿越这个国度的模样

蜷缩着，单腿站立着，愤怒又兴奋着

你肯定听说过死在途中的候鸟

你甚至亲身体验过死亡

但你还是不明白他们为什么没有翅膀

没有翅膀为什么还有那么强烈的飞翔的愿望

那么拥挤，悲壮，惨烈

你肯定理解不了这是怎样的一种世道

千山万水美好

千山万水莫名其妙

原载《十月》2011 年第 4 期

成都三帖

姚 辉

在草堂

玉垒浮云变古今
——杜甫

天色变得比寓言更快　四十八岁之后
就可以寄命运于那些杂乱的茅草了
选一方寸之地　你用仄韵
架草色与希冀为堂　然后
在向阳之处　设置好
灵魂应有的光芒——

快要知道天命是怎么回事了
也就明白了浣花溪上寂静的云烟
就懂得了　曾深入骨髓的疼痛
也是一种梦境　或者遗忘

风已开始艰难地记住瘦骨
穹庐在肩胛之上　那么空寂
星盏的旧事　再一次　变得迷茫

你在格律严谨的晨昏中伫立

身影淡了——
在锦官城陡峭的花色里　你
看旧　整个朝代独有的沧桑

如今　我打碎你曾抚热的那些文字
千秋苦乐　为什么　又发出了

最初锐利的声响?

过武侯祠感怀

> 夫难平者，事也。
>
> ——诸葛亮

羽扇停在风雨中　已很久了
疼痛与梦成为经典　成为骄傲
当多少喧闹的姓氏渐次斑驳
你凝望深处的蜀　依旧
苍翠　欲滴……

沥血的天空仍记得那累叠年年的艰辛么
马影在戈矛外　闪亮
锦囊被锐利的思想一次次填满
帷幕与意愿　以及星月之光
在铁打的山川上　不断延续

而沧桑转瞬即逝
千年之后　我们先你而变得苍老
像坚持风化的石头
我们以苍老的执著
留存　一片土地坚硬的际遇

此刻　香火绕过了追缅

你的羽扇摇响漫长的春秋

——多少苦乐与赤诚

正融入　我们口口相传的记忆

望江的人

唱到白苹洲畔曲，芙蓉空老蜀江花。

——薛　涛

那水上的桨声是你曾经熟悉的么?

迎送的人影被风雨记住

就像试图忘却的人　再度被风雨袭击

水上的暮色你曾反复笺注过

蜀锦渐斜　一只彩绘的鸟飞向远空

那时　生涯有可能被锻造成某种温暖

裘马清吟的歌者往返于曲岸边

有人在霜雪的光芒里　学会了迟疑

陈旧的帆是否仍只能在陈旧的酒香中醒着?

——你的凝望有些倦了

暮色是一个生僻的典故

是素笺上颤动的泪水　爱

是一次失传的苦乐　以及疼痛——

你还能忆起什么? 江水比身影冰凉

在九月开始之前　一个人

开始沉入　一份万劫不复的期许

而九月也可能只是虚构的

风无法带来更新的遗忘与猜想
谁谈论漫漫霜雪？谁放弃缅怀？
——帆影锈蚀　望江的人
在蜿蜒的涛声上　刻下
牵魂绕梦的最后隐秘……

原载《星星》诗刊 2011 年第 4 期

关于一条河的悼词

李轻松

发源于群山，源头不明，会聚了泥沙、鱼虾
还有口头文学的精彩部分
穿过我的白纸黑字，我的生肖属相
抵达那曾未被启蒙的村庄

我的原乡。有着麻布的质地和粗粝的性格
河水绕着山转，山川随着水走
在河水里暴毙的人都殉了这河山
有人哭诉，有人唱和
而在河边浣洗的女人，眼睛乌黑
头发漆亮，河对面那颗星星在白天也闪烁
我曾一直向着下游跑，被漫天的飞鸟追着
能望见的大凌河和望不见的渤海湾
它们都是我的远方，广阔的太平洋打开了！

而今我的水脉气若游丝。丑陋的河床
麻木的石头，掘沙的伤疤连成一片
那河里的鱼、河边的水鸟、河岸上的蚂蚱
你们都在哪里？河岔子里的蝌蚪、河东的树林
以及河西的孩子，你们是否安好？
人们依然出行，结婚，生育，病死

女孩子们骑着摩托，尾气摧残着桃花
河道上卷起了一股沙尘暴
这年头，笑穷不笑娼的
而屋檐下的那张脸，比苜蓿还要低——

从什么角度回来，那条河都不再经过
我的诗歌里有她的波涛
一枕的河水，被治愈的忧郁
现在你面目模糊，像一个满身疮疥的人
这现代之痒。我要挣脱的部分犹如枷锁
我夹在文明与原始之间
我的痛无人知晓。悲悯的时间还能挽回谁？

和什么？这首诗就是我的悼词，
也是悼念我的一部分生命
我曾经有山有水，灵气十足
那一河的芬芳和鱼水
在这个遗址之上。在我的凭吊之上
只有这首诗怜悯我
一头老牛卧在月下吃草，写诗的人独自反刍

原载《星星》诗刊 2011 年第 2 期

关于一条河的悼词

一切都按原来的模样

李小洛

要原谅

有一天，你要原谅
中途离开，变卦说谎的人
原谅他们越来越少的出场
原谅他们所剩不多的虚荣和时间

原谅爱、纪律和荣誉
不确定的开始，确定的结局
原谅漂浮的命运，衰竭的神经
黄连和苦瓜，都要原谅

原谅我现在，还不能大声说话
这世间还有一些漫长的阴天和雨天
头上的神明，他们有时候一言不发
你也要原谅他们

原谅他们活着，或死去
原谅来得及，也原谅来不及
原谅燕子低飞，蝴蝶迁徙
池塘的水，就要干了

天空出现火烧的蘑菇

蚂蚁搬家，大雨将至

我们每个人，手里都有一条蛇、一匹马

一寸黄金、一寸好光阴

原谅大家都有一本书

植物学、动物学

一头皮毛光滑、眉骨高挑的小兽

原谅我的骨管里刮着听不见的肃杀之秋

一切都按原来的模样

黎明的草原，那么的快活

向上生长的青草

散落的马匹，密封瓶里的蜜糖

银制的器皿中央

闪着青铜的光

餐桌上，蔬菜和稻米

摆放整齐，一切都按

原来的模样

大寒、小雪，还在路上

只有我老了

这个冬天

我一个人在岭南

享用一条江水

沐浴一个国家的阳光

不下结论，不发表言说

不盼望浪子回头

也不产生偶像和幻觉

走老路，不做美梦
不打喷嚏、咳嗽

也不去吃中草药
一觉醒来，天就亮了
一转身，什么都不再记得
不翻旧账，也不启用新的记事本
日历、电话、引擎
想喝酒，就去喝，想唱歌，就去唱
没有随从、奴仆
没有奴隶主、殖民地
女神、天使，爱上别人的人
让他们远走高飞
我爱过的人，去了别处
以上帝的名义
过起隐者的生活，我闭口不谈
这个冬天，我头顶蓝天
众神，使我平静
我的幸福，我闭口不谈

原载《诗歌月刊》2011 年第 3 期

玫瑰之名

李见心

时间的玫瑰

尤其当二月的风
袭来早春的蓓蕾
你为我送来首次的春天
杜鹃花把节日的气氛涂粉

之前，我们都病着
腰间钉着钉子
口中开满麦芒
错过的空间把时间擦伤

青涩的日子我们带着彼此的镣铐和嘴唇
有声音让我呼唤你
有形象让我梦见你
而你总用色彩缝补时间的漏洞

像春天走漏了风声
你的到来重重地奖赏了破绽般的绿
任它疯长成完整的光芒
不会说谎的嘴唇

婴儿般老练又甜蜜
像蜜蜂准确地催动花朵的力

直到时间开出一朵金玫瑰
有等待让我接近你
有忍耐让我触摸你
在我们时光雕刻的小屋里

光是屋顶，尘是地板
幸福像花香一样颤抖
尤其当二月的风
吹来这个花朵的节日
你使虚幻的节日不再空虚
在布谷鸟啼开的空气的缝隙里
我爱上这朵尘世的玫瑰
连同他的根，他的刺

玫瑰之名

玫瑰。那在夏日里让你盲目的玫瑰
站在中秋的灯火里突然让你心痛的玫瑰
怒放里有一种忠贞、花香里有一种醒来的玫瑰
那肋骨般弯曲的玫瑰
在黑暗中等你回头，在昏迷中等你被疼痛叫醒的玫瑰

那和你一样从南方空运过来的玫瑰
让花香成为翅膀、色彩成为光线的玫瑰
粉里有一种洁白、红里有一种晕眩的玫瑰
在十一月的雪花中盛开的玫瑰
新生的玫瑰

那肉体的旋涡最深、灵魂的阴影最重的玫瑰

那独一无二的玫瑰，玫瑰中的玫瑰

那时间之上的玫瑰

在我歌唱之外，词语之外永恒燃烧的玫瑰、不灭的心

原载《草原》2011 年 3 月下半月刊

临界十四行

非　默

1

这是我所等待的。不，不是日出，是日落
我站在这里，骨头里聚集了一生所有的疼痛
镌刻进风中的言辞，转瞬已逝的幻影
把我带给落日，从日出相反的方向下沉

酒杯倾翻在夜里，战栗的手，哆嗦的唇
杯子的碎片，生命的葡萄酒血色一样殷红
那些孩子，太阳的孩子，纷纷从黑夜走失
像梦，像虚无，像肯定之中的大否定
他们只留下我——留下永久的凝视
在漫长的冬季等待着最后的日落
我孤立的形象：像悲伤的刺，刺出乌黑的刻痕
没有什么更能……持久。坚固的花岗石
不过是躯体外面的一堆石头，一个光明的词
则照亮一个世界，并且给予——真实的行动

2

缩小的空间，不断加速的历史性的拥挤
你要相信地铁里没有白天，只有错动的电车

脸颊，鼻子，微张的嘴巴，茫然的眼睛
沉入黑暗，又浮出灯光，接着便一闪而过

然后我去博物馆，走进空旷的陈列大厅
几个世纪的收藏，阳光和尘土小心保存着
日子的原作，在地球的另一边，一个美国人
一个勇敢了一生的老畜生突然感到了口渴

哦，死亡的触摸。精神将还原成泥土
内心的忧虑，莫名的恐惧今天还在驱使我们
从盲目到盲目，从一个错到更大的错

人怎能窥视上帝！如果死亡仅仅是死亡
如果最初你是鱼，只有鳃，没有眼泪
如果我们唯一的声音不是声音，而是静默

3

没有什么能够挽留四月，挽留一首
悲歌中的黄昏，六月已成最后的落日
时间要你摘下唇边的这朵玫瑰
你必须燃烧，如火焰俯身向石

真实的事物，突然衰竭的帝国的鸟儿
一只黑色的犁头深深插入世纪的眼窝
生硬的铁永远不是衡量话语的尺度
但铁存在，铁是一条亘古不变的法则
个人的命运？一座塔楼里的一块石头
浑身伤痛中的一阵不适
书籍焚毁了，还在询问上面的一个标点

世界上不会有一种可能，绝对的
像一盏灯，会从黑暗的内部带来光芒
正像你不能用一丝光线承担白昼的全部重量

原载《中西诗歌》2011 年第 2 期

浮生与消隐

冯　晏

水生木　土克水

夏日，群草为流星坠落而欢呼
薄翼却没有长在蜻蜓身上。
傍晚，没有翅膀的人们
向高楼攀爬，犹如深渊。
天空和血管对于我同样遥远
一种困扰正在阴影中发芽。
逃避低暗，目光向空中升起，
云上，如何解释我独有的焦虑？

晚秋，食指加快轻舞于一块水晶，
我用来放大细节的眼镜
触痕已满。文字被照亮后，
心与经文相悖，落叶是灵魂和身体
必然要经历剥离的一种状态，
或一种形式，就像传统和时间。
当然，蝶变不仅只完成在今秋

撤离，枯枝与火焰，
冬季新一簇风暴碎片，来自竞技

或者敌意，复古而迎新，
相躲相吸陷入全新的纠缠。
思想被平俗灼伤为焦虑之首，
如何倾诉？避免心语流向灰烬。
荒原，唯有挽歌响彻昼夜！
剪断植被的血管及筋骨，
悔意与自然相守。一段竹节静存多年，
花粉过敏的疤痕在心中长大。

旋律中三种优雅已经消隐。
触摸成空，万物和旧人犹如幻影，
记忆薄片已被腐蚀。渐轻
杂物漏尽，情结纤细恰似
岁月的芒针，刺痛中，怀旧成癖
一种放慢未来的恶习。怀旧，
退回乡村，石头依然炽热
欲望被掀起，沿着古老沸腾
直至衰竭。心灵付诸禅意，
行走或者盘坐，点燃美丽的假想。
昨夜，我的飞蛾撞上灰色岩层，
心灵隐去，深陷乱序如同被虐。

飘！穿越阴影，淡去重量，
余下一张剪纸离春季五尺之遥。
卷云当位，遥对多处镂空，
省略掉父亲逝去的那年月，那座城。
被压抑释放后，远送云霞与悲情，
飞絮引来前方的雪雾和幻影。
我与简的日子躲进竹签，

凹字平缓，缺少深陷和密语，
一场虚无。虹，何时翻转后
斜挂于屋顶，冰河覆盖流水，
就像一位诗人又赶上被历史重塑。

初春，松峰山将一团蝉鸣挤进幽谷
返还一片我失意必去的语境，
易碎的单词们，四肢
已经很久不敢落地。昨夜
沉寂划开了鱼群，生物争执
使江水鸣响，冰排奔跑如同乐队出行。
候鸟归来，脚趾变暖沾满丝绒，

睡梦中相拥蝴蝶的花纹。
为了隐藏心灵，十里薄雾
三尺积雪，飞纱降临北方并已过季。
去年的船儿肢体清瘦，在江上
似弦月迷失。你梦里来去，
黎明前，一束春柳在江边晃动。
今晨，风稍起，海市蜃楼取走了
草原和生灵。三月初八午时，
我醒于西部莲池，一张绿床似梦非梦。

木克土　土生金

睡眠中，差异近乎消失。
桌椅、书籍、植物和人，
呼吸同处天宇下，黑暗里，
同享生命的背面，
阴影以及无意识。眼睛

灵魂之光的辉映之城，
在蓝湖深处接近自己的隐秘。
我推掉的蓝以及他手中的玫瑰，
比不了夜晚推掉了白天，
就像推土机在翻动消沉。
无论从前或者昨夜，
我面对的心跳肤浅犹如波纹。
夜里，磁场穿过骨头所碰到的孤独，
恰似星光穿越深海所碰到的沉默。
失控和无序需要如何抚慰
只有宇宙知道。是的，
只有月光流过万物，心才会回来。
把身体还给灵魂还有几英尺远，
从抚慰，经过波折直至安宁。

金克木　木生火

岩壁上升，飞灵向尘土深入。
全身疼痛，视线中飘满飞蛾，
耳边，蚊子藏匿于风声，
昆虫们空着胃从呼兰赶来，
城市中心，又一个夜晚处在被吞食中。
我漫步在江边，收起忧怨，
隐蔽心灵已成为怪癖，
除了鸟儿明亮，其余的五脏低暗，
春意复来却无从潜入，
暖风已成为众人抱怨的一种意象。
灰心，原因时常只聚集于瞬间。
光如神剑亦如恶意气流，
是思维的反转，或是错觉，

只要离开蝴蝶的雕纹，

离开单音深处，离开弦月，

我就会被乡情控制。留恋

黑土举起的谷物，指纹碾碎了丁香。

俗世比阴天还闷，

就像遇见了百年浊气，

遇见漫天逃离麦粒的壳屑

——仿佛空气的敌意

秋天，慢慢废除了对衰败的理解，

细柳在尖叫，声音慢慢变沉，

或许因世界充满铅粉。

我回到暗流，沿着血液追溯，

本源总是闪烁抵御之波，

旷野，一鬓青丝扫碧云马儿在飞奔！

火生土　水克火

在水的国度，石头死去

犹如活着，坚硬犹如封闭后

又从核心开始。沙粉中，

尘世的氧气已经排空，

重量的灰色王国，水墨和抑郁

涌入笔端，是谁与谁在互为抒发？

千般心结被暴露着，杨柳在摇摆，

笔墨飞舞，滴落下的字迹

压抑犹如凝血。春蚕破茧是被空气

划伤的，何况吸入肺部，

粉尘使情感无序。光，

木偶般停在世界一角，目睹

多如雨滴的昆虫尸体在翻滚

集市上，嘈杂中死去的鱼和家禽
依次穿上塑料衣服，就要第二次
奔赴刑场。流年在"刚"字的激情
和"柔"字的腰间总要停一停，
那一年，悲哀是否多于美感呢？
脂粉蜻蜓，哪一位已飞进
我百米直径的圆周，顺利越过
千手同奉的旨意以及我的挑剔
一束写意之光降临，在身体上
每举起一点落寞，土地就会轻松一些。
创意，自从接近工业时代，
树木只是风的传递而已，
含有空和低沉，犹如机械林立。
厂房顶部被称为一片乌云，
不蔽风暴，聚集了年代的土语和暴虐，
旷野听过去，枝叶轰鸣缺少细语，
林中，是谁诉不尽的忧怨正在经过？

火克金　金生水

彩虹昨夜消退，仿佛离开了
我衬衣右边领口的雕纹
那个磨旧的年月声音已飘逝。
在模糊观念面前，我是谁
青衣艳鞋，远思近忧，
我是被时间挑剔的部分。
清晨，杂念随波光浮出身体，
三天前，我与深秋客居海边，
求宇宙帮我打开一份心结。

哈尔滨，一些词倒立着嵌入停顿。
太平洋、大西洋交汇点上，
我曾经的驿站，记忆与自己与万物
时密时疏，千念相竞万念空。
碧水中，星光如雨，鱼子烟花，
珊瑚被养育着，冰体如骨，
欲望洁白。殉葬的财宝被童话环绕
在海里飞行。然而那些谎言，
被我识破的，至今已经选择了怎样的去处？
天空拒之，雷电以轰鸣为毁灭，
土地拒之，泥泞以昏暗为斥责，
灵魂拒之或许以身体消隐，
永不复生。日子在一杯浓茶中
进入了减法，九、八、七数字
陪同灰心一个一个隐去，剩下几
与我登上楼台？聆听民谣返回古代，
就像抚摸绸缎，找到手脚和皮肤上
长出的每一个刺和锋芒。
心脏周围，思维的正面、侧面
以及文字背面，总有几句梦话传出，
月升日落没有翻动纸张的声音。
失去的，正在静候着一切，就在远方。

与寂寞为伴

我的寂寞是一条河，日夜轰鸣
从我心中穿过，席卷
所有日子的堤坝
在所有与我对视的眼睛中
卷起波浪，打湿我白纸一样干涩的生存

我的寂寞在我独自一人时减少
在灯红酒绿中将我搂进他的怀抱
而我与他称兄道弟，说着
我俩之间的方言
我的寂寞在朋友中变成越来越大的石头

有时候，我的寂寞是一阵风
从遥望的往昔吹来，从旧日记的
发黄的字迹中吹出我珍藏的落叶
而我在风中摇摆，在爱的废墟中漫步
潜入一瓶啤酒的深度，寻找记忆中的蓝色

看不见的墙在我的生活中加高
我不知道，我把什么挡在外面
敲击心灵的企图早已是陈年旧事

只是偶尔还感觉到疼，从
裘马轻肥的岁月中那些纯洁的手指

与寂寞为伴，一种矫情的说法
其实并没有寂寞，只有又一个不眠之夜
悄悄过去。我站在窗前感受秋凉

看那么多人在生活中健步如飞
而我喜欢慢，喜欢那朵即将枯萎的野花

原载《中国诗歌》2011 年第 6 期

种海棠花的人

雨　田

也许他觉得自己一生的付出都很光荣　不然的话
他为什么会选择种植海棠花呢　其实我早就看见
在路旁　在他家房屋的周围　他种的红海棠
白海棠比村庄所有的花朵更加亮丽　风光

那个种植海棠花的人　他倾向把雨露阳光
种植在别人忧伤的心田　表情若有若无
没有止境的语言被盗走后　我开始怀疑
许多人的心空悬着　海棠树下的石头挺立沉默
那些飞走又飞回的鸟们是否认识方向　我在想
一种植物的命运和一个人的命运是一致的
总得有一种存在的理由去支配它　否则
我们就会老化　就会倒退到原始之初

我记得那个种植海棠花的人　他喜欢给每一棵海棠
起一个非常诗意的名字　那些有了名字的海棠
就像他的孩子一样　正爱着这个春天
我真的无法用花朵来暗示这样的季节
暗示这斑驳的往事　种植海棠的人

你能满足一朵花吗

我不能　真的不能……

原载《人民文学》2011 年第 7 期

彼何人斯

于　坚

彼何人斯　永居镜中　模仿着我　惟妙惟肖
是否也叫于坚　是否知道我藏在镜子后面的秘密
知道我　刚刚从幕后出来　阳奉阴违的一日
亵渎神灵　现在要把嘴皮子上的沫　擦掉
从窥视孔里探出另一个头　龇牙咧嘴　顾影自怜
看你的紫唇　看你的黄牙床　看你的长舌头
与我的飞短流长一致　鹦鹉学舌的家伙
喉室深处藏着一具骷髅　说吧　别总等我先开口
彼何人斯　铁青着下巴　从不下雨刮风松开领带
脖颈裂开处　黑斑又现　有一点炎症　那颗痣
依旧暗示着幸福　不会兑现　彼何人斯
没有心事的面具　模仿我的另一面
总是碰到你的玻璃鼻头　我一直试图像你一样
冰凉平滑　在一个框中威严登基　秦二世
永远统治每一张脸和后面的穴　虚幻比现实更近
再凑近些　再近些　我就能看见你的反骨得寸进尺
即刻无情粉碎　杀人的玻璃花瓣　哪一片写着我的五官？
你总是圆满　满足于姿色平平　引无数英雄腰竟折
明镜高悬　世界把你的肖像挂在入口处
也藏在幽暗的洗手间　施粉　补妆　勾黛
涂口红　登台　红尘里　谁能须臾离开？

无生命的丑角　你在额头后面想些什么？

我一唱歌你就应和　我卑鄙你尾随而至
我下流你顺水推舟　我胁肩谄笑　为大王
涂白自己的左腮　你递上一面小圆镜
照出我藏在眉宇间的弥天大谎　雾　雪光和火焰

唯与你　我敢一丝不挂　祖露私处　素面朝天
"纷吾既有此内美兮　又重之以修能
扈江离与辟芷兮　纫秋兰以为佩
汩余若将不及兮　恐年岁之不吾与"
鬼脸看鬼脸兮　对照只二人
醒时同交欢兮醉后各分散
永结无情游兮相期邈云汉　舞伴　我的真身
能否在第四小节　迈出祖传的柚木镜框？

深井　何时喷出黑暗的原油　我的钻头已经疲惫
在这边我很孤单　女为悦己者容　只盼着
能搂一回你的腰肢　在冬天　下雪的后半夜
当时代在追捕叛徒　向内心避难的途中有个伴
"尔还而入　我心易也"貌合神离　各持己见
绳子一圈圈解开　忧郁的木桶在下旋　总是
停止在冰的第一层　跟着时间朽成青丝
"彼何人斯　为鬼为蜮　则不可得"掌声响起
看不见自己的真面目　每次回家　我都害怕
灯火阑珊处　蓦然回首　你已不在镜中

桃花劫（组诗选二）

一、桃花劫
——2009 国家大剧院夏季演出季《1699·桃花扇》

国家大剧院在黄昏中

像半轮落日　　落到长安街

好似为它加冕

微雨中的穹顶上

黑雨白珠跳舞般飞来

远方的雷电在近处闪

微雨中的玉环

落满了灰色、银色、黑色的蝙蝠

微雨中

挂着一对一对的人向我走来

微雨中的伞　　像粉蝙蝠

挂着我滴滴答答地向前

有人赠西方的票，我来看前清的戏

"看李香君移步南京旧院

看阉党余孽暗送妆奁

280
中国最佳诗歌
2011

看桃花扇底送南朝
看田沁鑫把昆曲按国家级别排演

文学大师余光中任顾问
韩国国师孙振策任顾问
昆曲大师张继青任顾问"
"康熙皇帝从梦中跃起　也想任顾问"

二百套戏服　上千名绣娘
四位李香君　四名侯方域
流失两百年　投资四百万
今天改朝换代　琴瑟笙管退后
换作交响乐一片

1699 的桃花扇
从墙头升起　升成一个巨大的拱形
如新人之装
作为舞台装置发红
如奸臣之脸
作为古典道具发青
如头顶之光
作为爱情表记发紫

桃花　作为一个中国元素
说明了有风流事要发生
人们喜欢画它　写它　看它
你们怎能只给我桃枝而不给绽放？
你们怎能只给我汁液而不让结子？
爱情必然是此中黏液

生于 1699 年　桃花却充满了别的含义：
二十四桥的浩气
在每一个黑夜躬身退去
催生了二十四轮赴水明月
那是一个伤心惨目的时代呵：
降旗出关口　江山易主　桃花零落；
二十四的数字　分裂出多少个家园
每个家园都有一轮落日
坠地而成黑暗

国家还是桃花？
祖宗还是禅宗？
赴水还是赴任？
这么多的障眼法
你总得选择一样
活在 17 世纪　与活在今天
活得同样尴尬
我们怎能只给你盛唐而不给你晚明？
我们怎能只给你风流而不给你唏嘘？
政治必然是重中之重

脱稿于 1699
意味着每个人都是一段传奇
每个人胸中的桃花
必须染成整体
成就帝国和邦邑
公子多情　桃花多情　历史霸业皆多情

观者须定神敛气
听四十二折绝调词
栉比鳞次的诗句
筛数清楚的人物
像沙漏也漏得仔细

散戏后　与李陀刘禾坐地铁
至东直门，百家粥店
斜风细雨中
"国家意识"的谈话声和手机彩铃声
响成一片

二、哀书生
——因绝调词哀书生而忆冯喆

整个种族是一个诗人
写下关于命运的古怪命题
——斯蒂文斯

活在 1699 年　你就是一介书生
风流倜傥美人缘
活在 1969 年　你就是一个罪人
披发散衣　掩面低首
密封在一套古老戏装
被批斗　被游街
被角色演绎你
成为你演绎过的角色

那一晚　彻夜未眠因为
在电影之外见到你
那一晚　彻夜未眠因为

你形容枯槁面如死灰
那一晚　彻夜未眠因为
你是牛鬼蛇神　万人唾弃

你就是一介书生附体　不问世事
世事有如桃花　夺目般开放
椎心式零落　桃花
随季节粹然而丽　世事
随念头翕然而移
香扇打开来就是美人花
合拢来便要了你的命

你就是一介书生　无论古今
且吟且眠且歌行
你就是一介书生　书生命
你就是起事事不成　造反反被造的那个
你就是坑儒时第一个该灭
青眼白眼最宜分的人

你鸡鸣晨起
悬梁后还要锥股
披星戴月去赶考的书生
谢天谢地　本朝书生

命运胜过他们　虽然
那颗为读书而生的人头
依然悬着　为父母为老师
为名校为名校的升学率
几千年的赶考　今天还在赶

你是那个头发被拎着
去领取北大入学通知书的本朝书生？
你是一介书生　过去是
现在仍然是
你站错了队　再也站不回来
你死得空如箜篌　轻如鸿毛

桃花已乱开了好几个世纪
书生泪也被吹干了几百年
你还是那个一日不作诗
全天不快乐的人？
任你暮磬石磬平淡磬
也敲不醒桃花扇底的南朝
那个被渔樵话了又话的短命王朝
然者　你仍要作万古愁人
元气大伤的那一类？

大风吹　人头落
书生就是书生　你再活一百年
还是遭天谴的人
无论古今
都有这死得不值死无居所的人
因鸣镝而知天下亡
因叶落而溅起无边泪水
要你的命就是要冰山的
夺你的魂就是夺文章的
谴你的心就是谴人心的
原来是姹紫嫣红开遍
如今付与谁？

谁是轻柔扇底风？杀人风？
要吹就吹整整半个世纪吧
大风吹　书生毙

活在 1699 年　易碎的是人心　是王朝
活在 1969 年　俯首的是书生　是猖狂
你不再是壁上图　书上影　剧中人
你仅仅是一个牛鬼蛇神　万人唾弃
桃花扇底魂归西

　　注：冯喆，著名电影演员，曾任《桃花扇》、《羊城暗哨》主角。"文革"期间被批斗致死。作者少时曾于成都八宝街电影院门口目睹其被批斗经过，冯喆被迫身穿《桃花扇》中戏服，手执绘有桃花和美女蛇的折扇，任人唾骂。

原载《花城》2011 年第 1 期

平静中发生的……（组诗）

韩 东

灰白的小街

楼下有一条灰白的小街
我经常在那里吃面条、买烧饼
除此之外，我和他们的生活
是毫不相干的

太阳出来，小街变得明亮
有人在树上晒被子
有人在路边打麻将
有一些狗，有一些鸡

而我记住的只是灰白
那些模糊不清的面孔是可以忽略不计的
就像阳光一会儿就没有了
我每天把那里忘记一次

电梯门及其他

电梯的门打开，又关上了
一些人从里面出来，另一些人
又进去

就像门后有一所很大的房子
人们在那儿安家，就像
有一个大厅或者大会议室
需要用麦克风讲话

一些人的嘴张开，又闭上了
在反复的开合之间，一些词语
从里面出来，一些冷风
窜了进去
就像他们来自一个大地方，来自世界
就像我所在的世界不是我的
仅仅是他们的

在电梯门的背后
只有深井，一只金属箱子或者盒子
那些词语的背后有着同样的狭窄和局促
聪明之门已经关上了

雨

什么事都没有的时候
下雨是一件大事
一件事正在发生的时候
雨成为背景
有人记住了，有人忘记了
很多年后，一切已成为过去
雨又来到眼前
淅淅沥沥地下着
没有什么事发生

老 人

老人曾是那么年轻
精力无限地养育我们
为我们而战
又为自己的晚景和子女苦斗
喋喋不休，吵吵嚷嚷
惹人厌烦
忽然就像风吹落叶
遮天蔽日的景致已然不再

她的手臂真的就像一截树枝
比握着的手杖还要干枯
不为那养育之恩
也不为朝夕相处
只为这衰败和流失
为这屋里静悄悄的沉默
追悔并痛惜

一声巨响

一声巨响
我走出去查看
什么也没有看见

一小时后，
我发现砧板
落在灶台上
砸碎了一只杯子

平静中发生的……（组诗）

砧板纹丝不动
杯子的碎片也是
静静的

当初砧板挂在墙上
杯子在它的下面
也是静静的

夏日窗口

七点以后
天色依然很亮
一群老太太
在院子里做操
转动腰身
挥舞胳膊
乐感因人而异

窗口的绿叶间
我看见她们在下面
树叶随风轻颤
她们动了又动
像一些果子
东一个西一个

致庆和

一条街会变得非常美丽
一个人会从我们中间消失
有一种空旷造成的气氛
被阳光填满

有人在水泥球场上运球
就像那种嘭嘭的声音

有一种天蓝色是某人留下的
现在他面对四面白墙发呆
似乎风吹不到他的身上
吹不进他的心里
窗外的夜色温柔稠厚
好像把他黏住了

圆　玉

熄灯以后，黑暗降临
稳定之后，有一点光亮
隐约的，让我惊奇
这绿光我从未见过
然后，我的手摸到了一块圆玉
连着它的线绳绕着我的手指
无法追忆为谁所赠
后来想起来了
这收敛的光仍然陌生
不照亮附近的任何物体
幽暗有如盲人眼中的光明

原载《诗刊》2011 年 2 月上半月刊

平静中发生的……（组诗）

住在太阳后面

严 力

感 叹

有时候我没有敌人

有时候我仅仅是路过敌人

有时候我没有朋友

有时候我不知道我为何物

有时候我自言自语

但在所有的时间里

上帝不允许我看着他说话

住在太阳后面

老师拿着图片一张张地解说

凸起的叫山

凹下的叫谷

积了水的叫海叫河叫江湖

移动的叫动物

有根的叫植物

张小雨举手说

有没有上帝的照片

老师翻找出太阳的图片说

上帝一直住在它的后面

我在一张纸上

"文革"期间
我在一张纸上
先抄写了一段反动口号
正思量着如何批判它的时候
那张纸却已被
吓出了一身毛边

有了毛边的纸啊
哆哆嗦嗦地看上去
确实很有生命

无限上网

全球化其实是让人们
比以前更认同国家
而曾经的家族痕迹
像一根线缝在了国旗上
所以啊
竞赛场上的个人小调
湮没在嘹亮的国歌之中

凡政府都标榜国格的斤两
更强调国际环境的险恶
所以什么都要敢于代言
还要把人们放置在
那张名叫安全的网内
只有在那儿

才能无限上网

玉

尽管你没在生活中

成为有价值的矿石

但你握着"出人头地"这个词

度过了大半生

这个词被抚摩得像一块

晶莹剔透的玉

你暗暗地掂量着

也许它还能拍卖个好价钱

猎　人

"情报"这个词不被消灭

世界就不可能成为一家人

但世上本没有秘密

只有自私

往里放进去任何一种生物

都能繁殖出一群狼

自私这个词

消灭了家中的猎人

那年中秋下雨

那年中秋夜碰巧下雨

我独自站在

纽约康尼岛的沙滩上

被打湿的视线

无法穿越乌云的云层

月亮从自己的体内升起

月饼里溢出的乡音
挣扎在英语的海浪声中

我独自站在
纽约康尼岛的沙滩上
不回家的理由虽然很多
但回家的理由更多
心理活动啊
在大雨中给我上课
亲人们几年前送行的叮嘱
已成为词典
被我时常查阅

那年中秋夜碰巧下雨
我把美国伞插进
纽约康尼岛的沙滩上
雨中的我们两个啊
说不清哪一个更加孤独

原载《读诗》2011 年第 1 卷

诗二首

林 莽

我想拂去花朵的伤痕

我总想拂去花瓣上轻微的伤痕
轻轻采摘那些微微泛黄的叶子
让美好的事物更加纯粹
也许因此我是个诗人
把理想放在最高的地方
不但欣赏　而且实践
那些卑鄙的人在你的四周暗藏杀机
他们为自己阴暗的心理
伸出了肮脏的手
他们让我知道一些美好的事物必然受到伤害

但我依然如故
用毕生的努力成为一个完美的人

杜 梨

苍老的杜梨树
斜倚在潮湿的湖岸上
我们可以轻松地攀上它粗矮的枝干
看平静的湖水

芦草映着天光
对岸　村边上低矮的土墙
在阳光下散发着家的温暖

一棵杜梨树
被一代又一代的孩子们攀折着
与粗粝的树干相比
树冠显得总是那么小

一簇簇的绿色的果实
酸涩　张不开口
被染绿了的舌头是生硬的
印在童年的记忆中
一代代的孩子们咀嚼着
那些小小的果实的苦涩
仿佛对每一个少年都是不可或缺的

未嫁接的原本的杜梨树
清贫中自由自在的童年
这属于记忆　属于孩子们的酸与涩
在阳光照耀和乡野之风的吹拂中
向往　梦境　若有所失的空落
无所事事的田野上的游历
远方　火车凄厉的鸣叫出现又消失
有一种未知的滋味
悄悄地　在少年们的心中
长成了一颗颗
青绿色的　小小的杜梨

在寂静的黄昏或夜晚
透过岁月的薄纱
有时我会看见
那个攀上树木的少年
明亮而生涩的眼神

原载《中国诗歌》2011 年第 4 期

哈尔滨志

张曙光

霁虹桥

富有诗意的名字，只是一座俄式的桥
连接南岗和道里两个街区，桥身带点儿拱形
却难以与彩虹联系在一起。但它并非不美
而且气派，有着带浮雕的方尖碑式的桥塔
和镶着飞轮的漂亮护栏。桥下闪亮的铁轨，把一列列火车
引向北方的更北，那是我家乡的方向——
那一年早春，我们乘坐102路无轨
然后步行来到这座桥上。天开始飘雪
雪花扰乱着我们的视线。我们漫不经心地
从桥上走过，经过有着灌木丛的开阔地
经过烈士馆和市图，来到八区体育场，惊异地
注视着更加高耸的方尖碑，读着上面的铭文
但并不真正关心这座城市的历史。对于这城市
——陌生而充满敌意——我们只是
一群入侵的野蛮人，怀着占领者的
好奇和喜悦。以后的一些年里，我常常
经过这里，我是说那座桥。去道里书店，送别同学
后来是工作。城市一天天变得浮华，车辆增多了
伏尔加和华沙变成了丰田、奥迪和奔驰

桥身也似乎变得更窄。曾经有人说起
一次从这里经过，他看到妓女
在桥上招揽着生意。在一年或两年间，我的宿舍
就在桥的对面，在夜晚我俯瞰着
桥上的灯火和桥下淡蓝色的信号灯
感受到一种巨大的孤寂，却不曾想到
把它写进我的诗里。自从我第一次见到它

整整三十年过去。当日的朋友散去了
有的已告别了人世，而那些老建筑，大都
已被拆掉，它却幸运地留下，装扮成一个奇迹——
1926 年俄国人符·阿·巴利设计和建造
现在已衰老而疲惫。时间改变着一切，而它
承载了太多的岁月，太多的欢乐和悲哀
它们沉积着，构成我们城市的中心风景
而我仍是一个野蛮人，只是并不年轻
对城市仍然感到陌生，却不复有往昔的喜悦

欧罗巴旅馆

因逃婚寄居在这里。用肉体谋生
用文字反抗命运的不公。或是
用文字谋生，用肉体反抗着
命运，反正都是一样。

我没有读过她的更多作品，除了
一两个短篇。她的才华和思想
还不足以吸引我。说到个性和经历
其实也有其他更好的典范。

但她就像一条河，她家乡的河。
开阔而沉稳，虽然并不清澈，但有着
汹涌的暗流。我熟悉那条河
它也同样流过我的童年——

岸上长着芦苇和野草，在夏日里
散发着泥土的香味。我曾去那里
游泳，和郊游。比起她，我的童年
还算是幸运。而我来到这城市

也只是求学，并最终滞留在这里。
但一样居无定所，面对这个
不属于自己的城市和冷漠的高楼。
我愤怒地从大街上走过。

这间俄国人开设的小旅馆，就在
尚志大街的街角，起初叫新城大街——
直到 1995 年，它仍是一家旅馆
仍叫着这个名字——或是恢复了

这个名字。在墙角的铜牌上
镌着"萧红和萧军曾居住于此"
诸如此类，只是为了招徕顾客
但效果显然并不很好。因为

不久，它就不见了。这里现在
是大型的购物中心，有着餐厅和宾馆，
但没有波斯菊，没有波希米亚式的
浪漫故事，也不复是当年的模样。

中央大街

石砌的路面被时间和脚步擦亮。
其中包括我的，匆忙或是悠闲。
多少次我从这里走过，看着
橱窗上流动的树影和四季的变化，
看着街边的建筑和行人的脚步。
城市的画廊，更像是一座舞台
沉积的历史套上了俗丽的新装。
松树终于移走了，换成原来的糖槭——
当初我曾无法遏止我的愤怒。
但它在默默承受，面对浮华思考着
孤独和死亡。而我仍然是旁观者
偶尔从这里走过：雪天，或雨中，
当冷雨和纷飞黄叶一同飘落，
或夕阳剪出楼影，像衰落的童话。

索菲亚教堂

很长时间我一直搞不清那是什么建筑，
当站在阳台上，我看到它巨大的圆形穹顶——
隐身于老哈百和周围破旧的建筑群内
像一个弃儿，却幸运地逃过了那场劫难。
现在它风光了，取代了原来的防洪纪念塔
一跃成为哈尔滨的标志。
但只是一个空空的躯壳——
青铜的钟声不复在城市上空波荡，不复有神甫
和为生者与死者庄重的弥撒。游人来来往往
看着它变得光鲜的外形，拍照，
或喂一喂广场上的鸽子，肥胖而笨拙

像那些观光客。它们咕咕叫着
甚至倦于在蓝天中飞翔。
更多人漠然地从它的身旁经过
至多抬头看一眼圆顶上的十字架，
神情困惑而慵倦，然后把目光
移向别处，盘算起一天的安排。
"圣哉！上帝，全权全能的主。天和地
充盈着你崇高的形象。"祈祷声远去，
消逝在历史寂静的阴影中。
智慧，或永恒的荣耀
我从不曾浴在这光的清泉中。
有过虚假的偶像和激情，现在消失了。
狂热的红弥撒，让我厌倦了所有的仪式。
当然我不必对那场劫难忏悔，即使
我不是圣徒，但也从来不曾选择过撒旦。
我要忏悔的是另外一些事情，有着
和但丁相同的罪孽，却难以具备
他的才华和高贵。现在的问题是
我们能否得救？我们的灵魂将栖于何处？
它将会在哪里寻找到最后的风景？
我总是在问，但没有人在意这些。或许

它的意义被放大了，但有太多的黑暗
沉积在正午，沉积在我们的体内。
死亡是一个同义词。
在大堂里，陈列着的
那些城市开埠时的老照片，供人们
凭吊，它们因岁月而变得模糊，但似乎
在提醒着我们：它的繁华，如同我们的生命

只是短暂的一瞬，像节日的烟花，
美丽地迸发，然后陷于永久的沉寂。

原载《读诗》2011 年第 1 卷

回忆母亲

李 笠

1

你一针接一针，缝着我九岁的棉鞋

我看见北极圈

跟着你的手指

移动

但我们谁也不知道

二十年后

它会变成我在瑞典的雪地里踩出的孤单的脚印

2

站台。1988 年我去瑞典的秋天

我们，你和我，望着前方

前方除了看照片的我

什么也没有

唯一闪耀的

是照片上的背景：一列火的闪电点亮你含泪的眼睛

3

一件印着白花的蓝衬衣

你穿着它

穿过我红色的童年

和无数灰色的节日

此刻，它在我上空。一个漂泊者的头上闪现。星空！

4

半身像。照片已发黄。你披着

透明的婚纱，戴着菱形耳环，挂着金属十字架

你是基督徒？

"这是唯一的一张。其余的都在'文革'时烧了。"父亲说

没有笑容。肃穆里掺着忧伤

我打量你，相信教堂里的圣母

只是你的拷贝

你眼睛盯注视着前方。哦，你看到了什么？

一间自己的屋子？一个早起晚睡

给一个有九个叔姨的家庭做饭的媳妇？

你搬出三代同堂的决心？

十三年后入狱的丈夫？你向邻居借钱的羞辱？

没有回答！婚纱扇动着天使的翅膀

你被托起。我听见你的呼吸：一只玻璃杯套住的蜜蜂

5

我给你的信里写道：换个环境

夏天，上海人多，闷热

你可以来瑞典，看看这里的岛屿

冰川磨出的光滑如丝的礁石

这里有唐代的空气，陶渊明的诗境

你回信说：我知道北欧
是理想的避暑胜地。但我已习惯
这里的拥挤，混浊的空气
我坐树下，知了就递来青山
我摇扇子，清爽便送来一片波动的大海

6

一具蜡烛照亮的尸体
我凝视，世界变成厨房，你洗衣弯曲的背影
我静坐，想变成安魂曲
但你不需要我。你
充实。你脸闪着安详之光。像战争上空的蓝天

7

你已经离开了世界
但世界仍在吃你的拿手菜
材料：人心一只
调味品：焦虑一勺，孤独二勺，忧伤三勺
做法：让心片切，放入蒸笼蒸一生

8

一
滴血
从你的手指
滴落和砧板上的猪肉
交融你倒了一点酱油加了些
葱姜味精。"别对客人说！"你对我
说。脸上露出阿庆嫂在敌人面前脸不变色心

不跳的英雄本色。我点头，沉默。几分钟后。客人
开始津津有味地吃着你做的糖醋排骨，并发出一声声赞美

9

天下起了雪，你放下洗着的衣服
"远处某个地方有人一定在船上钓鱼"
你自言自语，然后起身向厨房走去

茶壶冒着烟。水果刀溢出苹果的静
"只要长时间看着飘飞的雪
一只鹤便会栖在我们的窗口"你说

但我看见的是满街的大字报和地下
关着的父亲：一张浮肿的长胡子的脸
"看见日出大海，你才算真正看见了雪！"

10（三个瞬间）

一条鱼。筷子纷纷向它涌去
你最后伸出自己的筷子

夜。你给加班回来的父亲
倒洗脚水。房屋屏息

你随晨光隐入《易经》
傍晚，你又像昨天那样回到厨房

11

16 平方米。比十三陵皇帝的棺房小
我们挤在一起，吃饭，睡觉……

有时我听见你们的床在午夜响成风暴里的树枝

我喘气，摸成熟的器官

没有秘密。我们是互映的镜子

我在镜中长大。床

也跟着长，长成三层，长成集中营一角

但你从不抱怨——"我们比燕子住得宽敞多了！"

天气改变着邻居的言行

同样的屋子，有的被刷上

黄土的颜色，有的被漆上天空的颜色

但你拒绝刷墙。被打死的蚊子

在白墙上露出我们的血，醒目，像博物馆的碑刻

12

回忆，一切就变成梦……

你坐着，端着只空碗

我走向你，你变成椅子

我坐下，俯身，你

变成桌子，毛笔，纸

我写字。你变成

一个歪歪斜斜的"人"。你

摇头，但没提高嗓门

我放下笔，你变成厨房。我

大口吞咽，你变成

床，我倒头酣睡，你

变成海。我飘游，听见

你在呼喊，像一个

被弃的孩子。孩子是

醒后的我，坐着，在一扇

向异国打开的窗前
写诗，写你说过的话：
宇宙，是一只倒置的空碗

原载《诗歌周刊》2011 年第 10 – 2 期

月光使人站不稳

王小妮

之一

月亮意外地把它的光放下来。
温和的海岛亮出金属的外壳
土地显露了藏宝处。

试试落在肩上的这副铠甲
只有寒光，没有声响。
在银子的碎末里越走越飘
这一夜我总该做点儿什么。

凶相借机躲得更深了
伸手就接到光
软软的怎么看都不像匕首。

之二

那个好久都不露面的皎白的星体
忽然洞穿了夜晚的一角。

天光下正交谈的路人
嘴里含满快落下来的珠子。

浮淡的光泽扑动着
嘤嘤的，好像是佩着玉带的唐朝。

我要一直留在家里
留在人间深暗的角落。
时光太厚，冬衣又太重了
飞一样，倒换着放帘子的手
遮挡那只当空的鹰眼。

之三

海正在上岸，盐啊，摊满了大地
风过去，一层微微的白
月光使人站不稳。

财富研出了均匀的粉末
天冷冷的，越退越远，又咸又涩。
那枚唯一升到高处的钱币就要坠落了
逃亡者遍地舞着白旗。

银子已经贬值，就像盐已经贬值。
我站在金钱时代的背面
看着这无声的戏怎么收场。

原载《诗刊》2011 年 9 月下半月刊

未名湖

臧　棣

未名湖　湖水的轮椅

湖水的轮椅轻轻旋转，
水耗子露出了像拉链一样的小脑袋，
笔直地游过暧昧的禁区。宇宙被帽子抛在了一边。

从银灰色到铁灰色，柔软的天使
悄悄换了一件外套。照妖镜已试过水温，
喜鹊和野猫使用同一块香皂。

我自信你有一对比葡萄还要红得
发紫的乳房。摘下一颗，还会有一串。
甜，像刚参加过婚礼的钳子。

你好像被夹了一下。你断定你能敞开
一个我不曾有过的自我。哦，骄傲的动机。
紫燕和蝙蝠像最后剩下的几枚扣子。

未名湖　一个棋盘

难道不像吗？这小湖
看上去就像一个棋盘。

黎明开始后，棋盘还只露出一角。
中午时分，大部分棋盘都已暴露。
黄昏后，越看越像，一个完整的棋盘
平整地铺在生活的边缘，或是
现实的深处。除了你我之外，
任何东西都可能是棋子。
蝙蝠是棋子，蚊子是棋子，水草是棋子，

喜鹊是棋子中的棋子。鱼更是
狡猾的棋子。月亮是爱的棋子。
你不必刻意对我说明你究竟是谁。
即使有陌生的棋子，在你和我之间
也有一盘永远也下不完的棋。

未名湖　这小湖只是一种假设

这小湖只是一种假设。
假设它从一开始就没有变化，
大小难不住它为自己找到的真理。
形状也限制不了它的演奏风格。
假设它有一个保留节目是专门为你保留的。
心曲袅袅，假设它的表面是所有深渊的反面。
假设它的高潮在四月和五月之间。
假设它的纯洁有一个你不知道的弱点。
假设它的小风景能彻底改变你的胃口。
假设它的神秘表面看起来一点也不神秘。
假设你离开它只是暂时的。假设它
永远都会呆在那里。为了教训它的敌人，
假设你已学会使用这样的语言。

未名湖　为什么我要这样说到天堂

记住，你这辈子注定要遇到
两个天堂。一个是被唾沫淹死了的天堂。
一个是将会被你发现的，只可能属于你的天堂。

一只脚已踏入。一个天堂里多出一只脚
是什么意思？很多人确信天堂就晃悠在
地狱的对面，但你不可能把它打开。

另一个天堂，你只有打开它，才会发现
你为什么需要这样的秘密。还有远路要走。
记住，这首诗是一双你还没试穿过的鞋子。

未名湖　我练习保持沉默

面对这小湖，我练习保持沉默。
小湖的倒影里，有些内容和我的沉默相似，
但我的沉默不同于湖水的沉默。

我看到了一种自然的难度，
风的沉默比我的难，风吹过湖岸，
风声里夹杂着遥远的回音。

雨的沉默比我的难，雨的小榔头
垂落在湖面上，有一种恸哭徘徊在
非凡与非人之间。波浪的沉默比我的难，

波浪把一些东西推进来，将心灵变成了边界。
镜子的沉默也比我的难，夕光的亚洲舞蹈

改变了你使用镜子时的角度。

相比之下，我似乎有更多的选择。
至少，我可以选择保持沉默。
或者，我可以练习保持沉默的自由。

我的沉默不会下沉到湖底，
面对的意思是，我的沉默仅限于
这小湖有一个超越自然的表面。

未名湖　动作太大已没有必要

动作太大已没有必要，比如，
你告诉我，你解剖一只喜鹊查找死因时，
在那模糊而冷静的血肉中，
看见了另外一个宇宙。

我的意思是，有些动作
一旦涉及宇宙的差别，我们还是

要为生活多留一点心眼。
说到热爱，我更倾向于从小动作开始：

一抬眼，白雾已经散尽。
一抬眼，雪松的树梢间，太阳已经在思考
夏天的事情。一抬眼，所有的往事都已如烟，
但和你有关的往事却像帽子满天飞。

一抬眼，白云悠悠，没有不散的阴魂。
一抬眼，蓝天已坐落成无底洞。

一抬眼，燕子已投放了无数的饵钩。
一抬眼，彩虹已说服了虚无。

一抬眼，落叶的悬念原来如此。
一抬眼，黑白共同体已原谅了历史的无知。
一抬眼，天外有天微妙你不肯轻信
爱的奇迹。一抬眼，银杏已变成小耳环。

一抬眼，天网恢恢已让位于情网恢恢，
一抬眼，大雁的队形已改变了语言的力量。
一抬眼，你已将无穷还原成魅力。说不清楚也没关系。
一抬眼，你的胖头鱼已养在浩荡的月光里。

一抬眼，小动作已有了大致的眉目。
这一天并不比一年中的其他日子更特殊，
但也有新颖之处：你抬眼的次数明显多于往常。
你改变了视野，也就改变了最基本的颜色。

未名湖　第一接触到催眠术

男孩子在湖边第一次接触到催眠术，
胆子陡然大起来。他伸出的手
像低飞的野鹅。从入睡状态上看，
宇宙是半个自我，足以让爱情迂回到

青春的雪线附近。女孩子伸出的手
仿佛是试探性的，羞涩得像小铁盒里的
一把梳子，但比起男孩子准确多了。

女孩子把手伸进了男孩子身体里的新月，

使劲一捏，五月的天空便下起了
只有他们两人知道的小雨。这一幕，
可以是十年前，也可以一百年后。

未名湖　这一关

太小了，不够宽阔，当你这样遗憾时，
说明你还没过大小这一关。
太美了，但不够丰富，当你这样感叹时，
说明你还没过绝对这一关。

这小湖相对于生活有种种建议。
来自一只蝴蝶的建议让你看到了
一条鱼身上的美学史。但最美的事始终是
在有芦苇的地方认识你自己。

未名湖　波光可以有很多意思

因为你，波光可以有很多意思。
粼粼波光中，风情已不同于风景。
因为你，很多天性得到了恢复。
很多以前不知道的天性
找到了你中有我。向天性学习——
我发现，除了鱼，熊掌也会按摩
我们的死穴。我的死穴是
我不能忍受没有一个秘密。
你的死穴是，你不相信
会有一个你无法了解的秘密。

未名湖　大海的缩影

第一年，我在你身上找到了

大海的缩影。真理的意思是
现在就讲道理，不太方便。
红松和雪松之间，喜鹊爬上丁香的船帆。
棠棣之花的下面，壁虎锯断了
礁石的眼泪。蚂蚁发动的战争，
用海螺的空壳就能摆平。
我必须极力否认，才能发现
我和刺猬的区别。我心里就有十九只海鸥，
如果你需要，我随时可以送你几只。
第二年，大海的影子渐渐松懈，
雨中的事物比风中的事物看上去要正常。
而芦苇则带来了江湖的气息。
自我表现一旦上纲上线，
根本性胆子最大，从《洪堡的礼物》中
看出了不少破绽。假如诱惑我的是纯洁呢？
你的问题太刁钻，就好比花儿为什么这样红。
第三年，小湖里的大海已不见踪影，
小鲢鱼像弹琴时的手指，你要不要也试试？
不时有乌龟爬上堤岸，打着
改善生活的幌子，身子移动时
像一枚私刻的公章。与此相对应的是，
真理已讲不过道理。如果你渴了，
可以把吸管直接插入小湖。
第四年，小湖平静得像养鱼塘。
和知识作斗争，仿佛是一个秘密。
你年轻得比理想的年轻人还要年轻，
你掌握得越多，你年龄中的美就越突出。
而我成熟得就像一个我很想卸下的包袱。
我试图下潜到爱的深渊。

我游向你。隔着面具，你后退到
镜子的背面。我不是镜子迷，
但我从你身上看到了镜子的力量。

未名湖　反过来的话

因为这小湖，很多人像你。
从背影看像，从侧面看更像。
但她们中没有一个人是你。
假如我用记忆去纠正错觉，
反过来的话，你会是她们的全部。

你一张开，她们就有了翅膀，
你一落下，她们就变成了雨滴，
你一摇晃，她们的鳍便露出水面。
因为这小小的变幻，我觉悟到
有一些生活是完全可能的。

我因可能的生活而睁大了眼睛。
视野没变，但角度变了。
因为这小湖，很多事都像是你做的。
你做事的风格，你并不知道；它就像是一种文身，
表面的力量用巧了，也能改变一切。

未名湖　正是这局限

小湖的确不大。但正是这局限
造就了我们的温暖。
温暖是你身上的名词，
用在我身上，温暖就是一个动词。

我的温暖流向你：如果碰上高山，
它就飞泻成一条瀑布；如果遇到平川，
它就缠绵成交错的棋盘。
你还会下得更好。直到下出

一个淋漓尽致的境界：非凡的你
不会缺少一次人的秘密。
我呢。我因流动的温暖而获得了
一个永久的记忆。

如果反过来，会怎样？
你想试试吗？你真的觉得擦边球
能决定我们的胜负吗？而我能肯定的是：
局限于胜负，不如局限于温暖。

原载《花城》2011 年第 1 期

蝴 蝶

沈浩波

一

我已习惯
一次次撕去自己
艰难生长出的
斑斓羽翼
露出丑陋的身体
——虫子的本相

二

近乎偏执的
修改和涂抹
厚厚的漆
仿佛永不脱落

被反复刻画的脸
构成此刻镜中
安静的面容

三

那些年轻人令我羡慕

他们真的可以
迷醉和疯狂

我没有他们那样
轻盈的小腿和心脏

他们如气球上升
我如卵石下降

并且为自己的下降
找到了神圣的仪式

四

我能数遍
山上的
每一块石头

历历在目
每一块都像
静穆的佛

于是就讨厌
山里的道士
觉得他们
过于轻浮

五

更隐忍
更沉默

用一把刮刀
捅进自己的内心
让那些如气球般
膨胀的部分
干瘪下去

这样就能成为一个
令自己喜欢的男人了吗？

NO
更加讨厌

六

生命中积淀下来的
那些事
没有几件
经得起回味

母亲指着隔壁的门
对我说
不要吃他们家的饭
我们人穷
但不能志短

这是我第一次
为贫穷
感到屈辱
从此
我成了一个穷孩子

七

去年错过的
海棠花期
今年又忘了

我已把自己
轻掷给尘埃

八

瘦了
又瘦了
我好像正
一路瘦下去

再没人说我是个胖子

这情形
令我恐惧
我担心
时间这个糙汉

会一巴掌一巴掌地
把我扇回原形

九

看中国队跟卡塔尔踢球
场面那叫一个悲惨
十一个踢球的中国人

十一只找死的苍蝇
看球的国人如我
郁闷得无言

转天看欧洲杯
俄罗斯熊
被西班牙人
逗成了熊猫
一顿胖揍

我突然就开怀了
原来伟大的民族
都踢不好足球

比如上面那俩
还有美利坚

这想法一冒
把自个儿弄乐了
想想这么多年来
每遇黑暗
我都是这么
把自己营救出来的

+

像一道刀痕般
清晰的
是几年前
少女的呼救

我一直想甩掉
那呼救的声音

"你太天真了
没有谁能
拯救另一个人"

"救你?
为什么?
拿什么救?"
"不过是青春的呓语
说完自己就会忘的"

"你有你的命运
我有我的
各自挣扎去吧"

但我甩不掉
这肉红色的刀痕

敏感的少女
在诗中写道
"浩波浩波救救我"

她在诗中说我
坐在她对面
有温和的笑容
和冷漠的眼神

十一

在灰色的城市
不再想念白云
只是依然试图
去写明亮的诗

我以为心中装满巨石
它们不过是朵朵白云
随雨气上升
随落日消失

原载《人民文学》2011 年第 1 期

招魂术

宋 琳

无 语

一片瓦砾就能置人于死地

五彩的地震云美过虹霓，像谎言制造者

愿望中最小的，逗留在咽喉

那个钻石形状的词被刹那所掩埋

遗恨在黑暗中睁着眼，守候没有的苍天

另一些人赶来，呼叫，找寻，挖掘

在相隔着一座泪桥的距离内

悲怆的招魂总括为一句："娇儿，你在哪里？"

他就这么走着，从废墟到废墟

穿着白色的苦难，或许已经精神失常

而附近，一个死去的母亲用最后的乳汁

运送她来自另一个世界的爱

婴孩获救了，代表新人类活了下来

秦始皇陵的勘探

七十万奴隶的劳作算得了什么？

在骊山苍翠的一侧，他们挖，他们挖。

再重的巨石终比不上强秦的课税，

撬不起的是公孙龙子的坚白论。

痴迷的考古学家在烈日下勘探，
且为我们复现出，无论过去、现在、
或将来，各种暴君的癖好：
生前的奢华，死后无限的排场。

七十万奴隶，七十万堆尘土。
上蔡的李斯还能到东门猎几回兔子呢？
阿房宫固然华美，经不住一把火烧，
肉体的永存有赖于神赐的丹药。

空旷的帝国需要一些东西来填满，
需要坚贞的女人为远征的夫婿而哭泣，
六国亡魂该听得见长城轰然倾颓吧？
该知道，地狱之塔奇怪的倒锥体。

但这深处的死亡宫殿却是有力的矩形！
在令人窒息且揣摩不透的中心，
我猜测，祖龙仍将端坐在屏风前，
等待大臣徐福从遥远的渤海归来。

而机关密布中的弩矢是否仍能射杀？
弓着身，模拟百川和大海的水银，
柔软且安详地熟睡着，一朝醒来，
会不会吐出千年的蛇信啮咬我们？

隔着木然的兵马俑，在相邻的坑道里，
殉葬的宫女和匠人吸进了最后一口空气。
封墓的瞬间，透过逆光，他几乎看见

一只侧身的燕子逃过了灭顶之灾。

钥匙笑吟吟

雪中出现的会是谁呢？
圣雅克塔上站着这座大城的瞭望者。
你笑吟吟转出街角，
拿着——像一个老水手，
两手空空时似乎也这么拿着
钥匙的允诺，它在雪中闪烁。
你家客厅的地板像甲板，
被某个善良的夜枭摇着，
在它的大氅下我赢得一夜的熟睡。

穿越了一些我体内的隧道和洞穴，
陡峭或平缓的心之纬度，
太阳爬上饰花铁窗栏。

你卧室里的灯还亮着，
书摊在枕边，肖像中的策兰
在你的夜中忧郁地望着你。
我又要走了，鞋带上的冰碴儿融化了，
我听见钥匙在锁孔里笑吟吟，
并照亮了远方的雪。

一个拉萨女人

世界无非是这条街。正午，格萨尔王的马鬃
像云朵飘动。手在转经筒上感觉到
胎息的热量。雾升上来湮没她。

男人们需要逸事，趺坐诵经，喝酥油茶，
谈起从前宫中的秘闻。白头翁闪闪烁烁。
拉萨河，祖母的河，祷歌悠长。

我从未去过拉萨，但我看见她，
怀里揣着那包盐，走在回家的路上。
风撩起蒙昧的鬈发吻她的脖颈。

每一个山峰都是神，谁能说它们不是神？
正如耳环、家庭的成员、
她信仰的基础，谁能说不是生来如此？

我的想象不会比她身上金色的汗毛更真实，
不敷玄笔，或添枝加叶。当盐在锅中噼啪作响，
秃鹫也已清理完死者的腑脏。

父亲的迁徙

他们找不到你。在当年草草埋葬你的山冈，
风布好了迷魂阵，那片故土在漂移。
长得过于茂盛的蕨像梦中的植物，
拉扯下午的阴影。我们沿溪谷，缓缓走上来，
带着被抹去标志的记忆的黑地图，
紧随气喘吁吁的收尸人。

你躺在那些肥硕叶子的大蘽下，
在死的庇护下你躲得很严实。
答应我们，父亲，出来吧！再也不用捉迷藏了。
你的纽扣像白垩纪的小海贝——
这家族的圣物也被小心安放在瓮中。

现在，我们让你再度迁徙，
飞行在迫害者的笑声够不着的地方。

父亲最后的日子

指甲划过圆形监狱的墙：我绕着小巷走。
我多愿它是一面鸣响的高帆，
那么我——海盗，站在船头。

我回家，但那个临时住所已贴上封条。
我看见一个箱子在下沉，而我们全都在里面。
妈妈抛来缆绳，没有人接住——只一瞬，
它变成了光束。

父亲的太阳穴：幽蓝的指南针，
在颤抖中渐渐平息了愤怒。
我多愿是一只沙鸥，
飞过时瞥得见这老游击队员，
倚墙而坐，在粗糙的草纸上写诗：
"一首伟大的歪诗"——
将题献给刽子手。

你写啊写，从祖屋秘密的阁楼，
到交通线上的兰花渡；从荔枝与柑橘

碰响的海岸线，到深溪放排者发射的圆木。
多少猿啼的夜晚，多少侥幸的生还。
车裂的阿岚和被剜去半个乳房的汤银钗们，
全都在对岸向你招手，喊着你的乳名。

你回忆着，不知今夕何夕。
你用冗长的歌谣体叙事诗报答了闽东
——那半是神奇半是野蛮的土地。
岛还是原来的岛，山，绵延无尽。
你爱过的女人有的在采茶有的去了香港，
留下你，来到这平静、无悔、宽恕的前夜，
将深深的睡眠融入了血色的黎明。

原载《读诗》2011 年第 1 卷

圣纳泽尔的诗

王　寅

你为什么围绕着我旋转

亲爱的阳光，我的蝴蝶
你为什么围绕着我旋转
我的诗篇是马背上犹豫的盐粒
是旅途中羞怯无比的邮差

我认识的蓝色阴影
潜行在白色岩石的下方
海洋如同月光一样明亮
天堂总是不在上帝这一边

雨点带着雨的气息
不断折入过去，季节的
疾病在我的窗外忽热忽冷
紊乱的玻璃也是真理

我喜欢陈旧的照片
习惯在电影院里重温时间
如水的巴赫，如雪的肖邦
这忧愁，这米酒是同一种黑暗

琴键上的黑人看不见飞扬的尘土
失明的飞鸟历数芬芳
我卧倒在崩溃的火焰中，新月
依然无法越过黑夜缓缓苏醒

昨夜下着今天的大雨

昨夜下着今天的大雨
冰冷的天赋一样美丽
柑橘此刻隐含着悲伤
琴匣里留下了玻璃的灰烬

飞艇的命名一再延迟
我依然不知道声音的颜色
为什么一定要走到世界的尽头
泪水才会模糊了大海

嘴唇下的秘密贴紧狂风
是钥匙也是火焰
是星光上的痛，也是
今夜下到明天的大雨

北方的海边生长着三棵松树

北方的海边生长着三棵松树
强劲的海风控制着它们的高度
就像被理发师不断修剪的头发
横向生长的松树有着扁扁的树冠

堤岸。海洋。灯塔。海岸线上

只有三棵低矮的松树
这寒冷地带的树木
在幽暗的树枝上结着硕大的松果

高跟鞋的后跟在沙滩上刻下深深的足印
夏天的男孩在树下甩出鱼钩
缺了鱼头的死鱼和冲上岸的
贝壳再也无法回到海里

我不知道北方海边的这三棵松树
在冬天的时候会是什么样子
贝壳会不会继续在沙滩上死去
灰色的海浪会不会一直拍打到松树的脚下

我只知道我在遥远的东方
梦着我的爱情，也许某一天
低头的时候，我会突然想起这三棵松树
在布列塔尼荒凉的海滨

黑暗中的花瓣上升得如此之快

黑暗中的花瓣上升得如此之快
越过我们的肩膀
越过我们的瞳仁
超过我们的预期
也超过我们的惊慌和忧虑

黑暗中的花瓣上升得如此之快
是因为无休无止的迷雾
还是因为此刻你握着我的手

是因为音乐中蕴藏着无法知晓的秘密
还是因为幸福的泪水无处不在

原载《读诗》2011 年第 2 卷·

醒着做梦

小　海

秦长城

伙伴在城墙上大声呼喊

但城墙吸音，什么也听不到

随后被翻译成两个士兵的交谈

千年的冷兵器叮当相撞

一棵老树上的蝉蜕斜阳下

传出征衣般的呜呜之声

"让我好好吹吹风吧"

盛夏已过，蜕出自己的

塑像们开始合唱

注定成为肉体的空担架

醒着做梦

朋友，你见过黄河吗

一个人在电视上朗诵时

把沙发上的人吓醒了

他灰溜溜地回房间去睡觉

有一类诗，他想

还能吓着疲倦的梦中人

留下身后雄壮的合唱

飘向午夜的窗外
适合空寂的高空中
平静的气流
朋友，藏身睡眠
获得两手空空的新生

大雁塔

1986 年盛夏（二十年前了）
我和韩东、贺奕结伴去西安
从南京出发时穿在脚上的拖鞋
西安大雁塔下
被紧跟我后面挤厕所的人踩断
叮当领着光脚丫的人四处转悠
找鞋店，鞋摊——老远
就看到一排塑料凉鞋倒挂店门外
帮妈妈看摊儿的小女孩儿把这笔买卖的钱
熟练地投放进布帘后的一个陶罐里面

多少年了，我想写一首关于大雁塔的诗
想起大雁塔就想起陶罐和借钱出游的日子
一个赤脚走在陌生城市的人
一个光脚漫步在大雁塔下的诗人
身旁有金发碧眼的欧洲游客向我们挥手致意
我惦记着那个鞋摊儿、女孩儿和她装钱的陶罐
陶罐也许和兵马俑和我脚底的泥巴都来自原土原乡

那个谁的雕塑

整个夏天
他都像一尊盲人塑像

他醒来时就是大卫
可他是谁
地狱里的恶兽
雨淋湿着旗杆
淋湿了鸟的翡冠
和我的眼镜

天空向雨水开放
野兽无所谓善恶
我跑过狮山桥

那塑像就像一把火
运河里船工们点燃
莫名其妙的人生
冷漠，浑然不知
就像天外的星辰教堂

原载《读诗》2011 年第 2 卷

困守者絮语

卢卫平

打开天空的钥匙

鹰在盘旋
像一枚孤独的钥匙
在落日巨大的锁孔里
忧郁地转动

暮色的羽毛纷纷降临
鹰即将收起翅膀
那未完成的飞翔
它会交给陌生的云

天空的诞生者
在星星的宫殿
找到闪闪发光的坟墓
我仰望着它宁静地安葬

大海痛苦的席卷中

大海痛苦的席卷中
冲浪者找到长久埋葬后
瞬间复活的狂喜

我不知道我的缰绳
握在谁的手中
谁能从刀锋上拉我回来

人间的灯盏在午夜熄灭
黑暗的鼾声里
最熟悉的人最陌生

从遥远的国度
你借着星光把我安慰
把我清冷的谷仓照亮

万物有灵

我错就错在
闻到腥味时抬头看天
我脑子里闪念
我这以忍受的腥味
是从天上散出来的
我错就错在
有了这样的闪念后
我又看了一眼月亮
我一直爱着的月亮
就这样在一瞬间
成了一只死鱼的眼睛
从此，月亮一夜夜暗淡
一夜夜消瘦
我心中的黑暗一夜夜弥漫

夜　蛾

漫长的黑夜，无边致幻剂
让夜蛾还没有长出翅膀
就有了致命的经验

只要见到光亮，就一定是黎明
它能做的就是不顾一切地
把黎明抱在冰冷的怀里
乡村的油灯，一盏比一盏善良
可就是因为夜蛾
让在灯下纳鞋底的母亲
一次次被针刺破指尖
我在灯下读书
母亲指尖的血和脸上的微笑
夜蛾烧焦的翅膀和火苗上的舞蹈
让我懂得了一生的疼痛和温暖

原载《上海文学》2011 年第 7 期

诗二首

伊 沙

初到长沙

飞机晚起飞了三小时
就是为了让我在
夜色之中抵达你吗
初次见面的长沙
竟然带着新娘般的羞怯
在从机场到市区的车上
我跟前来接我的司机
很少说话
只在某一回合的交谈中
我突然表现出了某种
超常的热情来
那是从一家灯火通明的
大厂门口经过时
司机随嘴说了句："这就是
生产白沙烟的长沙卷烟厂。"
噢耶，白沙白沙
我在抽你十年
又把你彻底戒掉的现在
来到了你的门前

红 豆

在白沙烟之前

在更穷的年代

我还抽过更贱的红豆呢

我还清楚地记得

它也属于人民热爱的湘烟

向一位长沙的司机问起时

他说：红豆是湘潭卷烟厂出的

噢耶，红豆红豆

红豆产南国

每天抽几支

一抽多少年

此烟最相思

我在对无穷无尽的

往昔岁月的怀念中

手忙脚乱

摔了个人仰马翻

原载《诗歌月刊》2011 年第 4 期

洗砚观止

梁小斌

初见三江之源，
我蹲在水底白云如画的青海湖畔，
首先我想以水洗面。
我是带着乌黑的笔来到这里，
我写诗多年沉重的心胸像一块墨色干枯的徽砚。
我要沐浴，
最好让我掉进这无底的深潭。
像掉进一片家乡的茶叶，
那绿色的茶韵在湖水沸腾时悄然散开。
直至让我消失的又淡又白。
让我以水洗砚，
我猜想那个正在湖底睡眠的诗歌女神，
定当挥舞长袖，
驱散那冥顽不化的沉重墨团在顷刻之间。
还有那成群的银鱼也会闻讯赶来，
啄食剩下的墨块点点。
我的秃笔更黑，
笔伸向这无限的圣洁之源，
它在圣洁里浸泡的时间要更长一些，更长一些。
我以洗涤的名义在此洗砚，
天地间将无人知晓融化在万顷碧波中的那点黑。

忽然有一阵轻盈的波浪，

将这浓重的墨团推到了岸上，

像是谁用手指捻掉沾在她衣袖上的枯枝败叶，

似乎在说：敬请融化到此为止，

如要洗涤，

只能以眼跪望湖水，

让空灵荡涤你全部的身心。

这时，正有一群牦牛散落于湖边，

它们以舌卷草，蹄掌踏碎我的那块乌黑的石头，

我的徽砚，我的洗涤心愿，

直至变为洗涤遗骸。

在蹄印里凹陷，被称为掩埋。

并且，那遗下的牛粪，也并没有散落湖中。

像是告诫，

牛粪将变成石头，在湖畔的青草丛中素面朝天。

现在我是否敢于把牛粪捧在胸口，

遥望太阳也掉进湖里正在洗浴，

这青海湖的自在和庄严在于它并不就此也被染红一片，

明天，太阳重新跃起，

也必须带走它的全部残红，

青海湖的干净比诗和太阳的辉煌都更加久远

原载《滴撒诗歌》2011 年创刊号

走路谣

走走走
每天走
太阳出来咱就走
秋光把人晒个透
身边一只狗

狗是纯种狗
白脖金背，长尾拖后
人是闲散人
每天走路，延年益寿
嗨！咱们走
人在江湖，狗也抖擞

狗走前
我走后
前后左右都是走
满目风光北固楼
霜天竞自由

鸡冠花

路边稠

爬墙虎

红个透

南瓜和葡萄

团团串串露着头

好庭院

半山坡上一望收

白墙红瓦

隐在绿荫后

谁家田舍翁

倚锄弄田畴

卸下了戎马生涯

种地也风流

走啊走

情似白云悠悠

心在宇宙遨游

平生万事

尽付岁月如水向东流

谁曾想

百年寿？

走——

一里二里热身

三里五里消愁

走是人间一壶酒

通气、健身、血畅流

走过冬夏与春秋

腿也生筋
肚也消油
腰也添力
甩臂风摆柳

为何不走？
人有两条腿

常走不生锈
清风明月不需一钱买
姹紫嫣红争先入眼眸
仿佛人在画中行
恰似扁舟浪中游
风正一帆浮

走啊走
每天走
踏雪寻梅
迎风试柳
雨里清幽
雷声中花开依旧
好山河
不走白不走

走走走
老在上面
人在下面
腰杆挺直一挥手

走！

五十不会跳

六十不会跑

七十八十九十

都会走

走是人生老朋友

有钱难买老来瘦

每天走一走

能活九十九

走啊走

地球是个大绣球

一年四季转着走

立春、惊蛰

谷雨、中秋

花样翻新变不休

更有那虫也唧唧、鸟也啁啾

万类霜天竞走秀

说什么

新妇嫌人旧

青壮笑老叟

人间变幻无尽头

昨日少年郎

今朝霜染头

弃我去者昨日之日不可留

动我心者明日之日将进酒

黄河万里向东流

长江后浪赶过前浪头

夜与昼

永不休

原载《诗刊》2011 年 6 月上半月刊

倾　听

韩作荣

一

当灯光转暗

舒缓的乐音在空间流淌

抚慰疲惫的神经

绷紧的肉体也随之松弛

哦，波动的音符，优雅的旋律

清水一样覆盖干渴

让一颗心在润泽中柔软

昏暗中华美的线条

在虚幻中起伏、波动

一种温婉的声音

让清冷的长夜有了暖意

让看不见的音乐有了形体

二

是的，只有乐音响起来的时候

我才找回了自己

雾的弥漫，花的幽香

浸透周身的孔窍

让烦躁消融，让沉重轻缈

灵魂袒露赤裸的真实
睁开第三只眼睛
打开幽闭的蕾朵
让意念随着感觉攀升
逸出身外，无中生有
如一团光焰在空间悬浮
撒落缤纷的花雨

三

我总会从轻柔缠绕的音乐里飘起来
云雾一样飘起来
雾化的血肉已失去重量
于没有羁绊的虚空
云缕般随意、自在且逍遥
是的，我的手指抚触着音符
线条在委婉中蛇动
发丝轻飏，眸子如晶亮的星辰
在天宇的奥秘中飞旋
随着鲜活的声音而高亢、低回
将一个重拙的我、忧郁的我
洗涤得清爽、干净
我的毛孔张开，身体张开，体味音乐
一曲明澈，照亮了躯体的昏暗

四

我体味到声音的暖意了
温婉的乐音让一颗封冻的心软化
感知扑打心头的热浪
和躯体的轻颤

旋律如一双无形的手
将一颗坠落的心轻轻捧起
放入另一颗心里
让它柔暖、强劲
更为剧烈地跳动

世界啊，有什么比真挚更令人动心
比柔暖的声音更为惬意
夜晚，倾听流入肺腑的乐音
一个心也丢失的人已身不由己

原载《人民文学》2011 年第 7 期

一个人一生总该大错一次

李　琦

乌　鸦

出哈尔滨，向北
哈大公路上，乌鸦成群
那么多，那么多，黑压压一片
站在高大的树上，气势威严
好像要干一番大事情

这北方传说中的神鸟
如法官列阵
如神父集体出行
鸣叫声简洁而粗粝
严肃的样子，让我想起小说里
那位卡列宁先生

天哪！有人忍不住惊呼
这乌鸦的阵势，有慑人之威
是啊，天地如此阔大
这世界，是我们的
也是它们的

我们的车子
在乌鸦的俯视下前行
车上的说笑，不知不觉
开始转换，从坊间新闻
上升到轮回以及灵魂

那些鸟，会不会，曾经是人
经历了太多喧闹芜杂的日子
说了太多言不由衷的话
这一世，它们就出离了尘埃
素面黑衣，宁愿用单调的声音
最简洁地表达

一种无形中的静穆之气
在这黑色的鸟群中
弥散

一个人一生总该大错一次

一个人一生
总该大错一次
错得悔青了肠子
错得狠，记得深

这样错了之后，会如梦初醒
会知道许多事情的真相
最亲的人，最珍贵的事物
最该弥补的，最深的悔恨

当然不会，了无痕迹

你自己知道
那眼睛里的清澈
被哪件事情带走
那些白发，因为什么生出

最重要的是
你会成为自己的遗址
你将不断温习
那叫做疼痛的两字
哪种是疼，哪种是痛

这个让人沉迷的夜晚

这是让人沉迷的夜晚
有如黑底金花
我把自己幻化成
舞台上那个动人的舞者
正旋转成一个
郁金香型的旋涡
我还把自己幻化成一把吉他
不用任何指法
在安达卢西亚的熏风里
只要一个眼神
就呜咽着开始

最后一个离开剧场
我面目平静，却心神沉醉
吉他、舞步、响板
长裙、花朵、折扇
一句歌词也没听懂

我的精神，却已经有一部分
先行跟随了他们

我是流浪者的后代
世相与尘埃之中
已把自己遮蔽得近于迟钝
这个夜晚，这群异族之人
用他们带筋骨的歌声和舞步
召唤出我身体里的尘土和云朵
血液的马队，正卷起漫天烟尘

我们彼此热情地交谈

我们热情而吃力地交谈
西班牙语、汉语、英语
终于发现，彼此基本没懂
我和她，深为遗憾
最终以微笑作为结束

此刻，地中海水天蔚蓝
来自世界各地的游人
划动各种语言的舢板
穿梭来往，相视一笑
有多么礼貌，也有多么陌生

想到当年下乡的时候
青春的肉体，疲惫至极
粗糙的床铺上，累得想死去
忽然，一个幽默的笑话
一句俏皮的俚语

引爆了一片脆亮的笑声
疲沓的宿舍，重新生动了起来

那被叫做汉语的语言
早已是我的衣衫、我的味觉
我的心领神会、我的自然而然
想起临行前，家人那些
被我讥讽为絮叨的叮嘱
此时成了细密的针线
一下一下，缝补着乡愁

原载《读诗》2011 年第 1 卷

一个人一生总该大错一次

气定神闲

叶延滨

在前一秒与后一秒之间

在前一秒与后一秒之间
是你，你正活在
都市的前一秒
与后一秒之间——

你是风，疾风吹过
不知道上一秒你从何方吹来
也不知道你下一秒
又吹向何方？

你是光，都市中的光
你让这座都市多了一次闪耀
都市光海又让谁也不知道
你曾何等光彩的存在……

你是声，是一次呐喊
还是一曲高亢的歌唱
也许只是你的一次叹息
陷进了谁深夜的梦魇？

你是闪电，划破浓云的闪电
你是明星，流过天际的陨落
是李白是巴尔扎克是贝克耐尔是鸠山
还是选秀是吹出的最后那个泡泡？

什么都不是
是你，在都市的前一秒与后一秒之间
快抓住你，你自己！
没抓住，你下一秒什么都不是！

心在高处

心在高处
高处像鹰展开驭风的翅
在高处，看见我
我像一支勤动的黑色蚁兵
在命运的迷宫中匆匆地赶路

心在高处
高处像隐居在群星之中
在高处，能看见
许多新来的人哭喊着
像蓓蕾匆匆开放
许多离去的人沉默地
忘掉归途……

心在高处
在高处，会看见
还有许多展翅驭风的心灵

他们也会看见我这只小黑蚁
看见我在命运迷宫里
所有体面和不得体的动作

心在高处
在高处，谁看见
我那高傲而晶亮的心
我要把它收回来，收回来
用我所有的体温焐热这颗心
心会悄悄地告诉我
忘记了的那些曾经为我引路的
诗篇……

谢谢黎明

谢谢黎明，谢谢老朋友又一次
把我从另一个天地唤醒

昨天窗台上还有一堆残雪
像一个忘记飞翔的鸟丢下的翅膀

谢谢黎明，谢谢老朋友没忘记
照样给我一次新的惊喜

朔风尖厉地拖着最后的暮色逃走
也扯走那个长梦的结尾故事

谢谢黎明，谢谢老朋友的问候
大家好，在阳光下所有的道路都伸直腰

我知道我最喜爱的工作就是开始
从黎明开始生命就像花蕾芳香

谢谢黎明，谢谢老朋友的提醒
我又想起英娜·丽斯年斯卡娅的诗句

"黑夜漫长——生命短促
我甚至没有力量睡醒"

谢谢黎明，谢谢老朋友的忠诚
让我每一天的生命是与你相约开始

也许再长的生命也长不过黑夜
也许最短的生命也应有个黎明

谢谢黎明，谢谢老朋友的相约
用阳光编织生活的一切
包括她的影子……

原载《人民文学》2011 年第 6 期

气定神闲

这个春天（组诗选四）

子　川

谁是谁的异数

旧时的院子　老梅树　这个春天
它们谁是谁的异数
只见满树梅花
前所未有的狂狷　开得飞扬跋扈

一个老人坐在屋檐下　晒太阳
我不说出她的年龄
只让你知道她是我的长辈
藤制的靠椅上
她多皱的脸　蜡黄　却精神矍铄

邻家院子传来一个少女的大笑
那声音阳光　略带点放纵
有点像眼前的梅花
或者可以这样打比方　眼前怒放的梅花
像她关不住的笑声

门角的一面镜子里
一个人的眼袋挂下来　有点浮肿

镜中人一定夜里没睡好

盛开的梅花，晒太阳的老人，邻家少女的笑

还有夜里没睡好的我

我们　一起走进这个春天

我想回故乡看菜花

这个春天　我最想回到故乡去

在那里种几亩薄田　生几个儿子

如果还有闲情和闲心

就娶一房小妾　刻两卷诗

这是一个老诗人的话　在另一个春天

他说这话时脸上带着点坏笑

这个春天我想回故乡

忽然想起他的笑

菜花又要开了　菜花还没有开

尝试用毛笔写诗

这个春天

我尝试用毛笔写诗

相对于王码五笔和拼音输入法

可谓大败而逃　溃不成军

一直退到公元前的某个时间坐标

才稳住阵脚

这时　我看见了蒙恬大将军

他已经改行做了发明家

他早就厌倦了刀兵

他想让汉字的书写从此离开刀刃

我的想法要简单得多

我只想摆脱对电脑的依赖

摆脱技术因子导致的进步与速度

我还想让汉字的线条变得跟昨天一样柔和

窗外挂着柳丝

我想起许多年前一个女孩　她送我的一幅画

我想为她写一首诗

用毛笔　在宣纸上书写

这个春天我向往一种古典式的爱情

我怎样才能跨过这个春天

这个春天

有五十二年来最大最圆的月亮

其实谁也没有丈量过　也没法去做比较

信口说说而已

元宵的鞭炮

又在窗外轰响　一年一度

我相信许多人跟我一样

听到了鞭炮声才想起节日快乐

这个春天让人困扰

我找不到合适的表达　言犹未尽

想撵走一条狗

没有一块合适的石头可不成

原载《诗歌周刊》2011 年第 2 - 1 期

操 琴

邹静之

打 铁

打铁
也打江山
春天打犁铧
冬天打刀剑

打一生红火
打软骨
打出钢
站立着打
把汗留在刃上

打铁
打流水柔情
打温暖的臂弯
打火灼熟了的目光
打射出的箭
打雨围绕火的时刻

打铁

打真实的铁
打一行行
淬过火的语言

操　琴

谁在劳作后，听到
琴声湿润了泉水
盲者，他的光芒比
痛苦更加耀眼
他集合泉水与月光
在弦上他的风雪
凝结在身后，他把
胸口的热留给我们

琴在膝上，月在头顶
弓在手里，水中倒影
映进空旷的心
他得到永远的月亮

多少年后，庞大的乐团
在远离泉水和月的地方
极力包容他的黑暗时
只听到他的衣袂飘过

连　枷

连枷拍打秋天
落下汗和血和希望
连枷举起，收获的力量使它落下
使它沉重，使土地安眠

连枷举起，四野摇晃
犁和锄在歌的远方
连枷以结束的决心等待冬天
举起来，风雨看到旗帜

连枷轻轻拍打村庄
村外的土地，游子的思乡
连枷使收获的夜漫长
使诗篇跟随果实流进谷仓

织　工

她的梭子
穿过身体，将
一寸寸生命
织进布匹

花开在布上
越来越远

她把星星织进露水
而月色留在发丝
她的影子被窗纸留下
一个夜和一尺布同样长

白马从布的图案中驰过
秋天被细纱织出来

她的梭子织过新娘和母亲

织进一个冬天后，没有从风雪中出来

想　起

想起亲人
他们遥远的驿站和秋天
世代相传的别离
想起高处的寒冷

想起罗衣，轻抚的瑟
女人带走的夜，故事
她们的等待和悲凉
想起秋雁飞过流水

想起倦意，黑夜的醒
古道上的雪和路人
想起冬天将去
等待春来的恐惧

沱沱河献诗

让我听你最初的心
水，你的流走多像一个
连续的名字
让我碰你的冰冷
逃走的花在呼唤时
也不回头
让我把声音放进你的百合
在水的锦绣上，让我
歌唱

让我感觉到醒
白雪融化，岩石开花
什么样的人才能接近源头
什么样的人在深处枕着河流
甚至不会再有相同的水
来清洗早晨

让我跟随，最终
接收你的专一
和低吟，让我
听你最初的心，水
你的流走多像一个
连续的名字

在茶卡

寒气从盐湖吹来
打动四野的牧人
四野的牧人放牧四野
星空漫下明亮的羊群

羊群走动带着歌唱
它们回头放出光芒
独自的牧人，独自站立
有多少夜风在穿透旧伤

最疼的不是眼泪
最远的夜声划过心肠
也许是二十年或者更早
一个少年也曾这样呆想……

还像在同一个夜晚
生命衰老也不会改变
一样的荒野和冥想
只是浮云再次把它擦亮

过大格勒

在箭镞的顶点
风磨着刀，在山峰和
浑圆的石上，风磨着刀
快刀，让沙粒也睁开眼睛

饥饿的草，荆棘，红柳
饥饿的风景，它们的朴素
无法改变，甚至最小的地鼠
也已远走他乡

谁守候着灯，太阳静观
远处的蜃景在
嘲讽荒凉，一条路
只是把繁荣的心带来

巨大的石头在滚动
像渴望着奔跑的眼球……
在戈壁，一个忽然而过的人
已被荒凉击伤

想　到

银箔碎裂

冰在南极，挤压
仅有的夏天

别带去花朵
陌生的东西
会引来惆怅

像今夜
想到另外的星球
也有街市和兄弟

他们生活，忙碌
是否也读一些历史
和抒情的诗行

原载《人民文学》2011 年第 1 期

白话诗

曲有源

打假之外

早已经得到

证实在口

腔里假

牙甚

至

比

真牙

还要受

主人专用

而机场上的

天空只允

许假的

翅膀

起

落

至于

假话嘛

那也只能

去请教政客

棋子人生

所谓人生也
不过是一
枚棋子
拈来
拈
去
是受
人指使
自己以为
会影响全局
收盘时胜
与不胜
没人
去
想
这与你有关

殡仪馆

它何尝不是
阎王和上
帝合资
举办
的
培
训班
以遗体
作为标本

但学员都是
学生不学
死的谁
都不
愿
深
造何
况到另
一世界留学

钱有背景

人民币的百
元大钞其
背景是
井冈
的
五
指峰
天道酬
勤时它能
够掬金捧银
同时也免
不了会
成为
贪
者
窃者
伸来的黑手

天地线

当目光不能
再奢望时
便会出
现一
条
装
订线
天和地
在那里翻
开让人们看
见上下不
同的画
面至
于
图
解那
大概要
去阅读星星

所谓永恒

灵魂已经逃
脱了它正
走在轮
回的
路
上
遗体

就是被

遗弃的肢

体时间不问

是什么化

为轻烟

它只

守

护

一个

骨灰盒

据说那是

所谓的永恒

原载《大河》诗刊 2011 年秋卷

我想以一首诗返乡

靳晓静

尊　重

农历辛亥年的夏天
我 12 岁
时近戌时，天空变暗
楼道里飘散着
邻家做晚餐的香气。

我和母亲在厨房忙碌
我麻利地切菜，洗刀
然后漫不经心地
用抹布在刀上一抹
我的手指顿时殷红
12 岁的手指
就这样认识了刀刃。

母亲给我包扎伤口
她看了一眼那把刀说：
"你没尊重它，
所以它伤了你"。

听了母亲的话

躺在灶台上的那把刀

似乎动了动

但还是选择了沉默

记忆中的那个黄昏对我来说

有些痛，更多的是巫。

从那之后，我有多少次

被生活弄伤

从未觉得自己清白无辜

我在伤口和伤口的愈合中

慢慢长大，然后慢慢老去

写给自己的一封信

在江河的入海口

回眸　我看得见

散落在长途上的自己

在路上　在尘土中

屋脊树影桥头铁轨都向后流走

命中的恩人们来过又离去　而今

在各处　我要找到你们

拥抱你们不同年龄段的身躯

你们已融入我的命运

像无数隐喻潜入诗行中

我看见，她二十一岁

宇宙的黑洞俯瞰着星云

仰瞰着她　坐在铁轨上

像一片树叶一棵草一样战栗

在黑洞的呼啸声中　她后退

一直退进卫生间　闭门不出

再出来时　阳光像刀片散落

在通往三军医大的路上

石子在车轮下迸裂　大地滚烫

她走走停停　遥想着

像一只非洲大象一样消失在丛林中

古老的忧伤在这个星球上

无所不在　家族的伤痛

在代际间传递　她那样年轻

脸色苍白　活着又苦又咸

是她　代替我活了下来

让我在三十年后找到她时

满含热泪地说一声　谢谢

神要我们怜惜时光背后的人

于是给过去的自己写一封信

不止是心痛　不止是唏嘘

还要向深不可测的命运鞠躬致意

我想以一首诗返乡

我想以一首诗返乡

从成都到长春

再到长白山深处

我写下"吉林"

我的满族祖母
便在地下张望着我的到来
多少年了　她可知道
她儿了——我的父亲
在那场大雪中离家
那些雪，如今已回到他头上

雪花要返回雪乡
这念想梦一样轻盈
我在天空中步行
在松花江和嫩江
我要找到我双鱼座的来由
当我在松软的平原上
凝祖母望过的星星
我自言自语：我看见了……

是的，我要返乡
我只写下一些地名
心跳便加快了，我知道
这些星星一样发旧的地名上
葬着我的祖先
也生长着无尽的大豆高粱
当我停下笔来　空白处
是茫茫高原
足以收留归乡者的足迹
足以珍藏起她的稀罕
她的百年山参千年山参

我吃惊那些脸庞

千里万里外的松嫩平原
是我的故乡
父亲十六岁扛枪而别的　故乡
我在地图上多少次抚摸过
而今见到了才知道　故乡
就是叔叔姑姑和一大群兄弟姐妹的总称

在电话上早通过话了
大姑曾说，咱娘俩还没唠过嗑呢
而当我到来，八十六岁的大姑
却只能隔着黄土和我说话

众多的亲人围着我
叔叔、三姑、小姑和兄弟姐妹们
他们的脸庞让我吃惊
他们有着和我一样的眉眼和嘴角

尤其是叔叔
我久久地望着他
他和父亲就像孪生兄弟一样

我从这些脸庞上
深深地走进了故乡走进了血脉
父亲　你带我走得太远太孤单
我没有兄弟姐妹　没有儿女
红尘滚滚也是孤单

而今望着这么众多和我相似的

脸庞　我轻轻地对自己说

——我回家了

原载《桃花源诗季》2011 年秋季刊

在查干湖

商　震

恐　高

我家居住的房子
是离地面三十米的顶层
我曾自信不恐高还很喜悦
站得高看得远嘛

我站在南窗望
被前面的楼群挡住
站在北窗望，也被挡住
望不出三十米
就是别人家的日常生活

看不到远方
我就站在窗前想
想象的远方比看到的美

我站到房顶上去看天
只看到了浮尘
而且，风混乱地向我吹
如果我是一张白纸或落叶

肯定无法预测会被吹到哪里

往下看一眼地面
突然双腿发软
我开始恐高
唉，我住的不是离天近了
是离地面远了

无 题

鸽子一对一对地缩在窝里
风吹燃大地的火
一条小河懒洋洋地汪着
我从河边走过，被夏天烘烤

左顾右看
我是一架无人光顾的秋千

日过中午
太阳依然猛烈地热
天黑之前的光
照到哪儿都是浪费

我正努力向山的深处去
希望找到一个藏身的洞穴
躲开光源和水
躲开鸽子的嘀咕和燥热的风

我要探测一下自己
用我自身储存的能量

是否能让自己明亮
身体里的水是否可以连接大海

在查干湖

一下火车，就被东北话拥裹
在北京，只有母亲才和我说东北话

来到查干湖，到处都是东北话
到处都是母亲的声音

母亲离开东北几十年
走到哪儿，那儿就是东北

我第一次来到查干湖
感觉是又一次回到母亲家
平时就说不精确的北京普通话
此时已羞怯地溜掉

查干湖冰封雪盖
是一望无垠的平原
汽车在湖面上跑
人在湖面上行
水团结起来凝固
让浮力失去了力量

走在查干湖上，友人问我：
"在北京混得咋样"
我说："就像走在这冰上，
脚踩实了也不敢说稳当"

离开查干湖
朋友来送我，我说：
"不用送了，回北京
我会和母亲说，我一直
走在查干湖的冰上"

原载《大风》2011 年秋季号

一瓣荷花

车延高

一瓣荷花

我来的时候一朵荷花没开

我走的时候所有的荷花都开败了

像一个白昼轮回了生死

睁开大彻大悟的眼睛

一只是太阳，一只是月亮

脚下的路黑白分明

命运小心翼翼地走

起伏的浪花忽高忽低，揣摸不透

只有水滴单纯，证明着我的渺小

有时，我已穷极一生

只能采下一瓣荷花

而一夜湖风，用一支笛子

吹老了整个洪湖

怕乡亲盲目羡慕的眼神

穿过松树林就是村口，我不想惊动人

可哑巴家的那条黄狗还是发现了我

它的叫声宣布，打工的二强十回米了

很多熟悉的声音从窗格和门楣里出来
都是我背得出来的脸，和泥土一样厚道
打听自家的男人和孩子，打听我发了没有
我只能说都好都好，其实在外挺艰难的
城里不是种钱就能长钱的地方
在城里干活儿不仅要流汗，还要用脑子
我们读书少，只能干重体力活儿
汗像自来水那样流，食量惊人

挣下的钱并不多，每年带回家的
都是省吃俭用抠出来的
在城里我们其实还是农村人
把一分钱掰成两半花
把钱一分一分存进钱罐里
把挣回的钱拿出来一遍一遍地数
在外我们常想家，真的回来了又怕
怕乡亲那种盲目羡慕的眼神
好像在城里走一圈口袋儿就会鼓起来
这种眼神使我虚荣，打肿脸充胖子
其实每花一笔钱我都心疼一次
那是用血汗钱满足自己很农村的脸面

日子就是江山

二姐爱打扮，二姐不打扮也很美
二姐走在路上总有男人的眼睛跟着
二姐赶集，集市就多出一道会动的风景
她停在哪，哪就是男人眼睛赶集的地方

为看她，男人时常把东西忘在摊位上

二姐能把三月剪成一瓣瓣桃花

二姐把桃花戴上头，别的花就谢了

二姐是在一个有雨的三月出嫁的

新郎是一等残废军人，一条腿给了国家

二姐出嫁时山洼里桃花正红

二姐的脸上开着桃花

陪送的嫁妆也开着桃花

只有大姐苦着脸，说二姐傻，不值

二姐说爹也是残废军人，娘一辈子值吗

大姐说爹是后来受的伤

二姐说不管先后，他们都是为了国家

大姐说路要走日子要过的，你别后悔

二姐笑了，我们是三足鼎立

心和心扭在一起，日子就是江山

现代的唯美

一具牛头骨，存放在戈壁深处

不是文物，不是装饰，四野都叫荒凉

一个生命想走出不毛之地，永远地累了

嚼咽过草原的身躯轰然倒下

被风沙雕琢成死亡的记号

没有碑文的墓地，不见一棵青草

当年的骨髓开不出花

那两弯倔强的犄角依旧活着

摆出姿势，是现代的唯美

像援引的弓，射落多少星星

最小的陨石降临大漠，与一粒沙相依
像两把锐利的弯刀，劈开一滴血
在燃烧中升起的，我叫它太阳，
在苍白中疼醒的，我叫它月亮

原载《第三岸》2011 年第 1 辑

诗二首

于耀江

懂我的人

不进则退　向前的河流不向前是这样
向上的树木不向上也是这样　一滴水一片叶子
无一例外　我不在被追赶的地方走得很快
停在走过的人后面　一趟车开过去以后
像是在等待下一趟车　下一个前面始终在哪
但下一个前面的桃花却不能始终在哪
我不能作为风景陪伴自己　也不能作为风景之一
陪伴别人　相爱的人站在河水的两个岸边
看河水是河水　听河水是河水　而想象河水
总是伤口从上游向下游抖开的一条绷带
天上的医院治疗想象的病　一朵乌云通过治疗
怎样变白　地上的医院治疗缺乏想象的病
棉花就是棉花　晒出集中在一个冬天里的气味
懂我的人　从不表现已经懂了　沉默着
不说话　不在我对自己懂的上面再加上懂
样子像一张纸的背面　和不懂的人恰恰相反

单眼皮的距离

一天的时间有多远

从早晨远到黄昏　一堆火焰烧红了天边的云
或没有云　天边只是在静静地烧着自己
现在的蜜蜂接近葵花　香气高出一点
疼痛高出一点　家作为最小的概念
也在红肿的地方高出一点　如同
最小的灯笼和火焰　被人提着　追赶白天剩下的
旅程　灯笼如梦　梦里面没有我　只有
一个接一个的别人　只有别人和别人之间
发生了什么　爱情发生着　比爱情小一点的爱
发生着　比爱情大一点的爱　正在
袖手旁观　如同不怀好意的一个眼神
和夜晚保持单眼皮的距离

原载《中国诗歌》2011 年第 9 期

亮在远处的灯（组诗选三）

柳　沄

面对时间

夜越来越深
也越来越静
静得又可以清晰地听见
时间发出的声音

时间只做它喜欢做的事情
我是说，无论我听见听不见
它都在滴答滴答地数着
永远数不完的自己

无论我写出多么漂亮多么糟糕的
句子，它都不会停下来
我下意识地挪了挪椅子
以便和自己挨得更近

以便更加舒服地
面对它，就如同窗外
那些挨在一起的草木
面对着月光

那么多写月光的
如今都不见了
而月光依旧无言地照着
无言的大地

亮在远处的灯

它好像在张望
好像想要透过不透明的夜色
看清离熄灭
到底还有多远

夜色更加晦暗
晦暗的夜色只肯站在夜色一边
但夜色无法同化它
也几乎没有，把它
从中间推离出去的力量
它也同样如此
给我的感觉是
它一直在那儿徒劳地
拉一扇很难拉开的门
却撕开了一道伤口

这种时候，宿命
格外像一块从山顶滚落的石头
并在止不住的滚落中
与自己的经历搂抱成一团

当一盏灯有了愿望

我特别想知道
它还能坚持多久
它有什么必要，非得
亮得像一个名词

有好大一会儿
我在这个问题面前沉默不语
像另一个，无人
理睬的大问题

沿河而行

沿着新开河蜿蜒的河岸
毫无目的地行走
如同河床里的河水
不紧不慢地流着

如同风吹在风上
草木在草木中摇晃
仿佛再走一阵儿，我就会
成为它们的一部分

我走得满身月光
在到来成为离开之前
我试图以这样的方式
把心中的波澜还给河水

但河水远比我的心情平静
它们不紧不慢地流着
并在流动的过程中，努力

将行走在赶路区分开来

我已走得足够深足够远
足够使我遇见一个或一些
我从未遇见过的人，以及
与人有关或无关的事情

这种时候，前方
格外是敞开的
即使所谓的生生死死
也不过是进进出出

原载《绿风》2011 年第 5 期

酒的民间词语

安顺国

满地晃

深秋，满山的森林和草坡
已在风中长成五彩缤纷的模样
琳琅满目的一层一层
展开了热情的景致

我该走向哪里
悄然飘动的大地
太阳偏西，火焰般的云朵下
夜晚即将来临
兄弟，我该怎样前行

难道就这样晃下去
兄弟，这个被你们称做满地晃的酒
已经深入我的体内，灿烂的
如同一个奇迹，让爽朗的心
也和领袖人物一样可以指点江山了
虽然，我们在平常的生活里
重复过一个又一个梦想

山峦，林木和我
不知是谁于风中旋转，晃动
一会儿哽咽一会儿抽泣
就像迎娶一个出嫁的女子
充满信心地要认清回家的路
或许，热爱的方向里
都是这样跌跌撞撞

如搭乘上一辆没有站台停靠的列车
一路癫狂地来去
没有欣慰也没有失落
始终在一条难舍难离的路上

跟　头

成年之后，我
已经没有儿时翻跟头的乐趣了
更何况，在四月的川南
还要喝这种叫跟头的酒呢

虽然，这只是对酒的一种称谓
但也说明它足够烈性
如果享用它一定要警惕和小心
不然，就会一个接一个地摔跟头
谁会这样不断地经历人生呢

依在一间傍水的亭中
倾听雨水敲击水面
悠长的声音绵软起伏
那一支古老的号子，好像就在眼前

打开尘封的历史愈加嘹亮了
艰辛，贫困，奔忙，可已过去
寒冷，饥饿，四处栖身，可已过去
病痛，抗争，希望，可已过去
寂寞，压抑，伤痛，可已过去
阴谋，嫉妒，梦想，可在路上
灯红酒绿，笙歌曼舞，可在路上
是谁的脚步来来回回穿行

喝一盅跟头酒吧
让它深入身体的内部
放射热爱的光芒
就像传说中的神话人物那样

手持阳光的利剑
穿透黑暗，降妖除恶
如果喝一杯就是理想
我情愿深陷其中
不再自拔

闷倒驴

一口下肚，你就会
一声不响的，像一头驴一样
醉倒在八月的草原，让夜晚
纵情于绿草和黄花之上

一切都显得措手不及
一切都显得突然，显得激动
古老的悠远的长调

由远及近，由近及远
无限的遐思
也照亮了马儿和牛羊的笑脸

草原深处，我倾听
飘过的传奇、歌谣，和一段段情话
对酒当歌，回首人生
多少豪杰无法写下感叹

风推动烈性的醇香
高高举起的热爱
一次又一次的惊喜涌向双臂
让我试图飞翔，试图驰骋

那些曾经的岁月、雨雪和寒风
那些曾经的风流人物，英雄和姐妹
那种悲怆和幸福
缓缓地漫过夜空
浸入草原的内心
我知道，我无法诠释这里的一切
但我相信每一个人都不是轻易倒下的

原载《诗刊》2011 年 10 月上半月刊

布尔津之歌

李光武

有一个骑马的哈萨克小伙，他叫布尔津
有一个汲水的俄罗斯少女，她叫布尔津
有一头调皮的骆驼羔子，它叫布尔津
有一条吐着白沫的河流，它叫布尔津

布尔津呵，布尔津
轻轻地唤一声你的名字
就像唤一位我至亲的亲人

有红鱼群在天空飞翔的地方，它叫布尔津
有古石人在雨夜梦游的地方，它叫布尔津
有大草原在正午打盹的地方，它叫布尔津
有飞天女在佛光中起落的地方，它叫布尔津

布尔津呵，布尔津
抚摸你熟悉的名字
就像抚摸我横亘北方的母亲

白桦林缀满金币的地方，它叫布尔津
野花与春天狂欢的地方，它叫布尔津
眼泪能变成黄金的地方，它叫布尔津

热血能变成宝石的地方，它叫布尔津

布尔津呵，布尔津
深深吸一口你远方的风
就像闻到了我祖先熟悉的气息
有一个吹着草笛的图瓦老人，他叫布尔津
有一个天堂里的圣湖喀纳斯，它叫布尔津
有一个永远寻找母亲的骆驼羔子，它叫布尔津
有一个常常酩酊大醉的地方，它叫布尔津

布尔津呵，布尔津
你送我的蓝宝石，可是我母亲的眼泪
你送我的红宝石，可是我祖先的热血
有一片埋葬着吾母吾父吾祖的亚洲高原，她叫布尔津
有一个总想叫一声"母亲"的老阿妈，她叫布尔津
有一条滚滚的额尔齐斯的眼泪，它叫布尔津

布尔津呵，布尔津
让我千万次地问你
你可是我寻找了一生的母亲
我在泪眼中写下你的名字
你像写下我母亲尊贵的名字呵
布—尔—津

注：额尔齐斯，蒙古语为"母亲河"

原载《伊犁河》2011 年第 1 期

在汽车厂

张洪波

那么多的车

一个一个的工件
被焊接被组合
形成了完整的生命体
那么多的车
移动在吊具上
闪闪发光
飘逸在宽阔的车间里

那么多的车
下了流水线
它们将在人间大地上
和我们一样
呼吸　奔跑
沿途经历所有的艰难和快乐
直至终点

那么多的车
从今天开始
和我们一起生活
无论流畅还是堵塞

我们都要共同去面对
去真实地度过

我看到了一辆车的骨骼

在一汽－大众的车间里
我看到了一辆车的骨骼
复杂　坚硬　耐力
让我羡慕不已

那些默默无语的钢铁
相互支撑着
结构着的美和力气

轻轻地抚摸一下
那一瞬间
竟然感觉到了
一种真实的体温

一辆车的骨骼
和一个人的身体会有什么区别？
当它穿上外衣
和我们一样光彩
可谁也不知道
骨骼正在承受着什么

看到了一辆车的骨骼
就像看到了自己的内部
从此　对自己更加信任和珍惜

原载《人民日报》2011 年 2 月 16 日

克拉玛依之夜

邱华栋

灯

灯光把暗的天幕咬破了，璀璨的，华光四射的灯
把克拉玛依的夜晚点染得像一座钻石之城

城的灯，亮在沙漠和戈壁里
为迷失路径的候鸟指引方向，它们可以歇歇脚来喝水

灯是使夜晚充满了声音和香味的媒介
灯的变幻，把人脑弦中的音符拨动

城市的灯光形成了一片光明的海洋
在黑夜里确立了银河的中心

水

克拉玛依人过上了水节
因为额尔齐斯河的水从北到南一路走了过来

水是万物之源，干渠是城市的围巾
把这城打扮成了一个健康明亮的人

缺水的地方就是有病的
缺水的地方是鸟都不拉屎的地方

水，只有水，继续浇灌着人的梦
梦境中那草原、群山和童年会依次显现

树

树是城市的睫毛
在城的眼帘上生长

树，以站立的姿势，把一种风格确立
把石油人的内心书写

树，密集的、并排的树啊
你遮挡了什么样的冲击和风

克拉玛依的树不是树了
树是精灵，在夜晚走动，在白天里沉默如同老朋友

人

在夜晚，人是影子的追逐者
在水幕电影院，在草地上，这里的人在欢乐地笑

人的笑是可以感染的，我看见一个孩子
在看着那夜晚的音乐喷泉在笑

那么，我也在笑，我笑这微风中
我的少年时代那些发窘的事情，这一刻忽然在我眼前显现

这是美丽的动人的夜晚，人确立了大地的中心
每个人都想起了生命中需要感谢的人

原载《诗刊》2011 年 1 月下半月刊

遥远的村庄

钱万成

我记得那条河叫乌力根

龙江是黑龙江省的一个县
一边挨着吉林省的镇赉
一边挨着内蒙古的扎兰特旗
三省交界的地方有座双龙山
那里埋着我的亲人
也放牧着我的童年

山前　是一条大河
河的两岸是宽阔的草甸
春天里最先冒头的是草
伸出耳朵　听冰雪融化的声音
野花也一朵一朵来凑热闹
试图引诱鱼儿上岸

草甸上面有许多鸟
它们常年在这里安家
冰雪覆盖住整个大地
它们依然不走　飞到树上
变成冬天里会唱歌的叶子

春天来了　鸟儿开始忙碌

谈情说爱　筑巢　下蛋孵崽

当一张张黄色的小嘴仰天歌唱的时候

河水沉醉　脉脉含情

晚风吹送着五月的香和暖

我常常一个人到河边玩

用没有诱饵的鱼钩钓鱼

在沙滩上写字画画

有时运用沙子建造房子

幻想那是自己的宫殿

我的梦想常常被河水和雨水冲垮

可我又始终不肯放弃

等到又一个冬天来临

被父亲强行带离山坡上的村子

大雪淹没了我童年的脚印

我记得那条河叫做乌力根

在大黑山和双龙山脚下由西

向东缓缓流过

它流向哪里　我不知道

但我知道它一直没流出我的心窝

母亲在那边我在这边

今天　又是母亲离去的日子

四十年前那一汪泪水

又一次在眼窝里涌动

我无法向母亲倾诉思念
母亲在那边　我在这边

这边的日子越来越好
我在一座叫做长春的城市里
住着宽敞的房子
坐着公家配备的车子
还有一个聪明听话的儿子

我有一份称心如意的工作
有一群情同手足的朋友
我在这里快乐地生活
这座城市就像一个幸福的家庭

可这个家中缺少一份温暖
缺少母亲那无尽无休的唠叨
我多希望推开家门看到她的身影
抑或听到她心疼的责骂

母亲在那边
母亲在北大荒遥远的山里
那里现在应该正在下雪
大雪迷失了所有的道路
但却无法覆盖我今夜的乡愁

母亲的辫子

我确信母亲是梳过辫子的
两条辫子　又粗又长
那里编着她的心事她的梦想

在她瘦弱的背上摇动

那是柴禾烧不热炕的岁月
锅　也时常吃不上粮食
老鼠为了活命　白天里四处乱窜
和房屋的主人争食菜根
母亲每天用清水梳洗她的头发
也梳洗水一样流动的日子
然后再把它编起来
日复一日　一丝不苟

有一天　她把她剪了
卖给了挑挑卖货的货郎
换回 20 枚 5 分的硬币
还有一包大石头牌火柴

母亲没了又粗又长的辫子
她每天梳洗齐耳的短发
那一包火柴派上了用场
整个冬天都靠它来温暖寒冷的家

那个冬天的一盆火

那只火盆
是母亲用废纸和布条糊出来的
缠上线麻糊上黄泥
再用玻璃瓶子慢慢碾压
火盆装上炭火
日子便开始在火盆上烘烤
一双手　又一双手

捧着飘雪的冬天

火盆让生活有了温暖
土豆埋在火里
酒壶坐在火上
黄昏时分满屋飘香

那是 1965 年的记忆
我应该是一个 6 岁儿童
祖父祖母去世不久
那只火盆帮全家人驱寒

那只火盆
让那个冬天一直很暖
我每天晚上都望着房梁上的玉米种子
和它们一起做着春天的梦

耕读小学

耕读小学就在我家的东院
那里是兽医给牛马看病的地方
两间房子　一间装满药品
另一间就成了我们的学校

石头和泥土再加上细草
垒成长桌和长凳
我们的童年在茅屋中成长

一个老师　十几个学生
朝迎旭日　晚送斜阳

有时也与风雨为伴
没有伞　更没有遮风的斗篷

冬天里　我们用体温互相取暖
挤在墙根下　每个人心中都装
满阳光

破旧的书包里不仅仅是文具
书本
还有全家人的嘱托和期望

四十五年过去
童年的梦　仍飘荡在故乡
听说那座房子还在
已经破旧不堪
正等着我有一天能回去看看

原载《梨树诗歌》2011 年第 3 期

那曲的黄昏和一头牦牛（组诗）

耿国彪

拉萨河边

在拉萨河边
青铜的杯盏中夜色荡漾
朝圣的脚步，辩经的喇嘛都归于沉静
奔流的河水情深意长
抬起头是布达拉宫上空的月亮
它照耀着人与神对话

拉萨河水
让人想到遥远的草原，孤独的落日
以及迷失的独狼
它流过千年前的大唐和此刻的酒宴
带走一个藏族歌手的清唱
留下一位乞讨老人的忧伤

此刻，我的耳边熙熙攘攘
托起一座城市的拉萨河水泛着经文的暗香
跃马扬鞭的武士，牛羊肥壮的村庄
在一曲藏戏中奔忙
而我看到了一个面壁的修行者

他的头上长满青草

岩石一样的面庞裸露着前世的荒凉

那曲的黄昏和一头牦牛

那曲的夕阳中，大地沉静

一头黑白相间的牦牛伫立

闪光的流水和辽远的空旷连接着风的脚步

以及山坡上寺院绛红的围墙

地面的小黄花懒散地摇着

飘动的经幡略显忧伤

没有歌咏，没有经卷

它微闭双眼温暖抚慰整个草原

如果宁静是一种仪式

逐渐升起的黑暗是一种坚持

它就是草原的中心

那曲的前世今生，酥油和糌粑喂养下的藏北

青草一样在它的胃里蠕动

它牛角上月光的灯盏让最后一个过客俯下身躯

毡房的炊烟，冷峻的雪山

在它的注视下一点点柔软

此时

那曲的梦刚刚开始

磕长头的旺嘉

由青海到西藏

由心中的湖到佛的圣地

旺嘉用三年的时光点亮了梦的灯盏

一件泥土聚集的藏袍

两块触摸大地的木板

带着他一步一步向佛靠近

他安详地伏下身躯

以最低的姿态仰望拉萨

如同一曲雪山的牧歌

固执地赶赴神的约会

旺嘉的身体下

高原的春天被拉长

一群羊和一群牛的春天被缩短

在布达拉宫的经筒前

我遇到旺嘉

青海的青　西藏的蓝

变成了他漆黑面庞中的一口白牙

他告诉我今年四十岁

还没有碰到生命中的卓玛

短暂的攀谈后

旺嘉又伏下身躯

头顶有蓝天中的两只鸥鸟

身旁是绛红藏文书写的经墙

留给我的

是木板敲击地面的两声清脆的余响

高原放线工

翻过四千米的垭口，我就看见你们了

远远的，如同一群牦牛围住巨大的线缆

风斜斜地吹着，把放牧人的沉默和啃食青草的牛羊送过来

这高原上唯一的声音与你们的呼吸合为一处
又被风吹走

我听到了你们的呼吸
像鼓动白银淬火的风箱，一阵紧似一阵
草屑沙尘，孤独寂寞，以及远处的空旷
被你们呼进又吐出
而那根阳光合成的银线在蓝水晶一样的天空
一米一米延长

车在行进，高原在行进
车窗的放大镜中，一张张黝黑的脸渐渐清晰
你们托举着长长的线缆如同托举着家和美好的生活
我知道蓝天白云不是你们的风景
在高原，这根线是你们唯一的仰望

原载《诗刊》2011 年 9 月下半月刊

门

谢克强

1

凡是有墙的地方
总有门
墙　妄想禁锢一切
门却向世界开放

有时关在门里
心　欲知门外的世界
有路从门前通向远方
诱你出门

有时脚在门徘徊
又像无家可归
这时便渴望有把钥匙
打开门

每扇门都朝向路
每条路都通向一扇门
然而　门与门并不关联
路与路却条条相通

是的　我见过许多门
也认识了许多门
无论走近或者远离
都是选择机遇

2

夜的尽头
黎明如期召唤着我
待我匆匆走近
日子便直端端站在面前
如一座门

门　紧紧关着
门里的故事谁也无法窥视
也无法干预
当我将目光逼向门时
静默一夜的欲念
似在渴望什么

跨上前去
手握一把创造的钥匙
匆匆旋开门扇
我才知道
门里的世界很精彩

日子　总随开门而来
又随关门而去
在开关之间
门　注释人生的美丽

3

遥遥望你
你以一种超然的风度
保持缄默　缄默
如砥

有门　就有通向门的路
路在脚下
不用徘徊
徘徊　或者退却
都会留下遗憾

曾经　贝多芬
一曲悲怆坚毅的交响
叩响你的门扉
那音符　留给人间
几多感召
几多启迪

别无选择
一切都是命里注定
纵然岁月瘦骨嶙峋
我依然步履坚定
走向你

在痛苦与欢乐之间
你会为我开启

原载《绿风》2011 年第 3 期

心　律

杨俊文

轻抚胸膛的左侧
似乎总有一只神秘的手
以抚琴的方式
在生命里瑟瑟弹拨
自内向外步步紧扣
血流的节拍

执著的律动没有音符
单调而均匀

我奔腾不息的血液
正如步履均匀的四季
踩着那恒定的步伐
懵然前行
一路莺歌燕舞草长花开

但不知哪一天
那节奏突然变得陌生

错乱的指法
惊慌的步履

指挥棒从一只理智的手上
滑落，在倾斜的地面上
摔得粉碎

那一滴滴的鲜红
依然是我心
原有声音的颜色
而此时
再流经我的额头
却留下
一片冰冷与苍白

轻柔的踱步中猛然显现
重重的顿足
天堂与地狱近在咫尺
只差那短短的半个节拍
挽歌骤起，由远而近
幽灵的脸
现了又隐去

夜，静极了
一阵连续的撞击
胸腔里凝固的冰河
啪啪地迸裂
无数道间隙
伸展着，喷射出
寒冷的雾水
额上有汗珠集结
密密冷冷如秋草不堪承受的白露

仰卧于阳光的射线
晦涩的影像
在蓝天里逐渐清晰
肺部的忧伤和抑郁
奔涌着
向左心房归集
右心房的墙壁已经剥落
任凭血液冷热交替地撞击
似乎立即发出
倾塌的声响
两个本是空空的心室
塞满了辨不清的杂物

灰蒙蒙的蜘蛛网下
一张布娃娃的脸
残留着泪滴

我的心律
正挟持着我
从森林走入沙漠
身后
却隐约传出
遥远而清脆的童音
一声声
呼唤我的名字

回眸望去
只见一片尘沙被风卷起

雨来了，淅沥沥的
意识渐醒
紧扯住灵魂的衣襟

久违了，那舒缓的旋律
回家的路上
有如微风
拂过等距排列的岸柳
有如细雨
在平展的大地上落下它不紧不慢的水脚
我仿佛再一次听到
毫厘无差的时钟
自万物的源头响起
带着永恒的奥义与祝福

原载《作家》2011 年第 10 期

雅辞（组诗）

唐继东

银簪爱情

祖母送我两枚银簪，一枚，有着
青花瓷的坠子，一枚，坠着
一滴夕阳

她们划过长发的声音，很清，有些莫名
其妙。是前朝淑女着的大家闺秀
素衣罗衫，窸窣着走上绣楼
是池塘里，青莲和倒映的月影
在细语。偷听的鸟儿不小心，把一声鸣叫
滴落水中，溅起涟漪

簪上的银随风而流，竟玉一般晶莹
可以流过千年，载着不老的兰舟
舟上临风而立的，是两袭素雅的诗歌
青衫到处，20 朵白玉兰开，花香成酒，醉倒
一万里河山。素素罗裙弹奏弦音
白马肃立，聆听前生注定的
宿命

月光永恒。时光磅礴盛大。并蒂的银簪
始终在，他们的中央

竹枝词

是北方的风，远远阅读的几丝淡墨
在展开的书卷中，轻盈地
绿色着
古旧亭台里，是谁用诗歌淋湿了的
长发，弹奏透明的古筝
随着琴声踏露而来的，是如玉的
颜，和青翠了千年的
爱情。

在相思中日渐消瘦的叶，栖落在
素色的绢扇
轻轻一摇，那只梦幻的乌篷船
就在月色里驶来了
用唇间的红，点染花间的
蝶影，让所有飞翔的歌子，都长出
缤纷的羽翅
竹子中央经典的空，开满了玉一般
纯净的
瓷

醉花阴

一纸素笺的背面，是仙子们
修炼的山谷。她们用晶莹的雪
种植纯净的水，和水一样的月光
打磨日渐消瘦的

玉。

亭亭而立的，是玉色的鸟鸣织成的
素素裙裾。纯纯的云
放飞风，透明的羽翼

长发。婉约成古典的词牌，挂在舞蹈
纤细的腰间，波动掩不住的风情
琴声被纤弱的手指轻轻一握，便
弥漫开来

用仅存的一抹红，点亮眉间那颗
痣。典雅，端庄
谁能读懂蛇一般神秘的
无题蛊惑

那个前朝的狂生，用诗歌里
溢出的酒，醉了一直安静着的花
白色的影子。

一曲添香的红袖

月亮的波光荡漾起来的时候
雅致的兰舟，就载着梦一样的青衫
悄悄驶近了。
相距一个朝代那么远，是隔着
透明的岁月，可以触摸的
传说
星。灵动飞翔着的，是玉一般剔透的想象
和轩窗上映出的，点点烛光。

清雅的诗情，温润了修长的手指
你看你看
那一瓣瓣白色的百合，是款款而行的时光
浸润过的相思

指尖上一点细柔的红，轻舞水袖
用一只雁南飞的歌子，把婉约的长发和夜色
水一样铺染开来。
溅落在夜光杯里的，是我
妩媚的唇语。

写一笺锦书，寄到飘渺的前世
在开满莲花的池塘边，用古典的琴声和
皎洁如玉的情思，酿成千年的酒
就在那盏诗歌般娇美的月光下
把无边的岁月，一点点
饮尽。

原载《星星》诗刊 2011 年第 8 期

雅 醉（组诗）

四月的感冒

陈增福

其一

冬天终于过去了
过去了，就是春天了
躺在沙发上，看窗外的天
正以不动声色的表情暗示
——这难道不是春天吗？
一阵突然的咳嗽
震动着我的躯体
更震动着我的心
我不再看天了
我的期待在五月
没有疑问的春天的五月
那时我会痊愈的
突然的一阵咳嗽
一阵阵的咳嗽
终于，平静了
窗外，四月的雨在下

其二

盆栽的那几片枯黄的植物

就像我病弱的身体
我凝视半天了
终于，从沙发上起身
拉开矮柜的抽屉
剪子不见了
窗外，四月的雨在下
室内很昏暗
盆栽的那几片叶子
一簇绿中的几片枯黄
又牵扯了我的目光
刹那，一种别样的感觉
——花落花开
花开花落

一把剪子
平静地躺在窗台上

其三

春天只是春天而已
在春天里与在冬天里
感冒，有差别吗？
我在喝茶
我在守候着一个抉择
——拒绝服药
没有什么只能如此或必然那样的
除了一个生命只能或必然的终结
突然的敲门声
谁呢？
我慢慢地喝了一口茶

连续的敲门声
我慢慢地喝着茶

我只是在喝茶
终于，寂静了
窗外，四月的雨在下

原载《诗探索》作品卷 2011 年第 3 辑

断　句

龚　璇

（一）

风景的伤痕
看似浅淡，却被眼睛里
埋伏的沙粒，苦涩深秋的落
叶从
焦虑的空气中坠地
摔坏了瓷质古盘
碎尽的文字，钩沉史料的裂
缝独
立的思想，彻夜难寐
在屋檐下，徘徊不停
引退哲学严谨的逻辑
已无所谓知与不知

（二）

蛀空的脑袋里
愚笨的渔夫投入晒干的虾
米有
蠕虫汲取浆液
侵入营养的胚芽，蔫缩饱满

的躯体

生命，假如可以重来
或许有一个人，会赞美爱情
并让过去的事情
折叠，夹在书页的骑缝
恻隐之心
就会触觉灵魂的神经

（三）

竹墙上，攀缘的青藤
忌妒虫鸣
螳螂在前，黄雀在后
谁能预料背面的事件
鹿死谁手？
我只看见枝蔓的中央
一盏忽明忽暗之灯，亮起警
告的标牌
把影子分开
左为虚像，幻出碧水湛蓝
右为实景，掩荫青山碧绿

（四）

黑眸眶里
深盈千朵白菊，惊异别样的
绽放
和着溪涧
潺潺水声的节拍
随叶片的浓愁，东流

碾碎的别意
对视西窗的雨
相送山径的幽静
荒寂的野草，独恋风泣

入目的寒食
绵延数十里，不见叠嶂
谁，钦点无言的青灯
暗暗颤动，挤走光返的色彩
泛白心事

（五）

有人抱树焚身
化作飞天的仙絮
怠慢的星空
只留潮湿的月光，补缀梦的
神奇
谁有心插柳，却为空隙添画
一枝冷梅
忘记了屋檐下
寒暄的白燕，为什么
突然噤声，抛弃习惯的生活
逼迫水上鸳鸯，护卫浅滩的
菖蒲
不愿唱出坦率的恋歌

彼岸的灯，亮出欣慰
却无力抵达，只注视脚下的
泥土

维护参不透的生死表情

不管有没有人相信

除了奔波的灵魂

捂着疲倦的脸

悄然擦去肆意的压抑，又转

身不

再错过一次

爽神的闻香

独守孤独的时间，喃喃自语

有人相知

原载《文学报》2011 年 6 月 30 日

心灵独白

夏恩民

推开的窗子

推开窗子
屋里的晦气与屋外的爽气
在窗棂上打着旋

我看见远处的大海
一口一口地吐着白沫
几只海燕忙碌着
正在把太阳叼出水面

腥咸的海风啊
你千万别跑过来
把窗子随意地关上

谷　雨

窗外的雨
睁着缠绵的眼睛
撩动着行人的睫毛

我始终不敢走出屋

深怕那些雨珠
哪怕一滴
落到我的心海上
圈圈涟漪
就会翻开陈年旧事

谷雨之后
不仅是红豆
就连死去的爱情
也在悄悄发芽

有很多想法都不能如愿

有很多想法都不能如愿
就是我们着急地
用铁观音把一只汝瓷杯子的花纹
给泡开了
也听不到
它在枝头上
悄悄地抽芽声

春风徐徐地吹过来
迟到的雨
淋绿了江南的茶

也许再过一年
除了额头上多添几道皱纹
手上的汝瓷杯子
还会和往常一样
心静如水

虚掩的门

门半开半掩
脚门里门外

心灵在门槛上挣扎着
无奈的泪珠
缠在了脚背上
折射着黑白交织的光

原载《诗潮》2011 年第 1 期

坚硬的石头（组选诗二）

寒冬来临了

寒冬来临了，如此隐秘
仿佛一种神的暗示
深不可测，却又无限迷茫

大地在黑色幻觉中坍塌
童年若奔驰的马车
那时候，星星眨着诡秘的眼
忧郁的草原总是大雨滂沱

昏昏欲睡的天空
多么像我荒芜的记忆，我不知道
是否有人能够成为一把利剑
在这个媚俗的世界上
舒展自己青铜般的筋骨

当一种声音掩盖了另一种声音
当春天只能成为粉饰人类的花朵
我就会在战栗的锋刃上流下
最后一滴血

442
中国最佳诗歌
2011

或者什么也不想
就像一只微不足道的蚂蚁
悄然回到从前

我并不想说什么

我并不想说什么
那些狂躁的歌喉已经沙哑
严寒的夜空下，我们曾经集体失语

一些阳光的碎片散落
这些思想的鸟羽
彩旗飘飘

这些人总是还缺少点什么
他们殚精竭虑，战战兢兢
患得患失的头颅宛若陈旧的谎言

许多时候，乌鸦们的喧嚣
也会压低一只鹰的高度

原载《诗潮》2011 年第 5 期

坚硬的石头（组选诗二）

紧握住词语的手（组诗选二）

曹有云

我对太阳所知甚少

这一堆火
头顶这一堆简单明了的大火
是谁隆重点燃，何时又会被轻轻吹灭

当最后一缕最为明亮最为昂贵的光熄灭
最为浓重的黑暗团团笼罩四野
笼罩你渺小的眼你孤独的心
我陌生的血脉骨肉啊
你会恐惧战栗失声号哭叫喊我古老的名吗

我孱弱而苦难的诗人兄弟啊
你们，在黑夜的海
还能找见那些明灭闪烁微茫难求词语坚韧的天体吗

但我确切知道，这火久久燃烧，不仅仅只为我们
聪明更愚蠢的人而燃烧

头顶这堆名叫太阳的古老大火
我所知甚少，真的甚少

春天之惑

动物般裸露的欲望
人间虚罔的荣辱，颠倒的梦幻

大地上苦恼的滚滚烟火
将你吞没

远方，老农如期埋下了星星般发亮的种子
脚下，蚂蚁依旧忙碌搬运明天完美的食物

春天到了
万物不倦地启示
真理简明如水

醒来还是昏睡

你是一支思想的芦苇
还是一头打转的驴子

原载《民族文学》2011 年第 9 期

在沙漠，词语也会脱水（组诗）

末　未

鸣沙山沙漠终于有块小小的湿地了

四个怀胎的轮子，一鼓作气
把我从呼和浩特，运到鸣沙山
黄河也没拦得住它

鸣沙山，一条铁索，横空出世
拴住了一条干河谷的两岸
却放走了天空，朵来朵去的云

我是来看风景的
风景在彼岸
彼岸是一片沙漠

我热一脚，冷一脚
试探着沙漠的深浅。当我回头
脚印已经被风沙抹平

我忍不住跳起来七丈
后来又加了一丈。差点
扯下一片云影

结果，却攥住一把黄沙
其中几粒顺风钻进眼里
掏出体内大片泪水

天 问

好好的眼睛，为什么
要来点颜色，还要多两个框框

封顶的脑壳，为什么
要再封一次顶，还要加个箍箍

双脚已经够沉了，为什么
要套住它，还要钻进两个洞洞

为什么，我睁大双眼
看漫天黄沙的来龙去脉

为什么，我裸着光头
顶撞同样裸露的烈日

为什么，我打着光脚板
叩问同样光嘿嘿的大地

在沙漠，我为什么不戴墨镜
不戴太阳帽，不穿沙袜

问天
天上没有云

钩钩针——献给沙漠植树者

他自己挖的窝窝

自己把它填平，自己
再跳上去，一脚一脚地踩

他不厌其烦，重复自己
坑坑挖挖的工作
春来春往，一排排杨树
在沙漠边扎下了根
像扎下了一根根绿色的线

远远看去，他单调的劳作
就像我们当年的妈妈，穿针引线
在缝补破衣服上的洞

但大地这件破衣上的洞太大
缝好了这个边边，那只角角又开
始绽线
靠他一个人的力量，要补好这个
洞，绝对
不可能

但他一年又一年，固执己见
像根钩钩针，在绿洲与沙漠之间
弹性十足，又见缝插针

我拿什么来安慰

呜呜，呜呜……
沙子在叫，不
是过路的风，集体喊渴

南来北往的风
早已渴得心慌，早已

掉头的掉头，转向的转向

然而，总有一股不想回头
干脆将错就错，抱住黄沙
滚一步，算一步。领头的那阵
居然滚到了我怀里

我拿什么安慰你们啊
除了一片云
一阵雨

但鸣沙山上空的云和雨
和我一样
也是匆匆过客

慢是慢点，还是人靠得住

它，是乌云
你，是沙漠
你们之间，身心都有
天地那么远
不要迷信它的雷声
那只是一个传说
不要被它的闪电迷惑
那只是一句镀金的语言
更不要相信它的影子
投入过你的怀抱
那里面，根本就没有心

看吧，它天马行空，雷来电去
但就是不把怀中的雨水倒给你
很明显，这是一场路漫漫的恶作剧

在沙漠，词语也会脱水（组诗）

它，一直在玩你
慢是慢点，还是人靠得住
你看，他又扛着当地政府
每年分发的铲铲，脚踏实地
一棵树一棵树地栽
只是他挖下的窝窝
像国家来不及补的漏洞
有时深，有时浅
那是因为，他的力气和汗水
都献给了你

沙枣树都去了哪里

我在千里之外的鸣沙山
问儿子：想要点什么
他在千里之外的梵净山
说：沙枣

我就开始一漠一漠地找
找了几千漠
又找了几千漠
沙枣树的影子
也没看到

孩子，不是爸爸无能
是沙漠太渴
连沙枣树的影子
都嚼吞了

原载《民族文学》2011 年第 1 期

一个人的战争

一个人的战争

至今仍在继续，从祖母的祖母
到祖母的母亲到祖母到我
这场旷日持久的黑暗从未消除

时光的通道里，她们一一走过
一千种斑斓一千种落寞

如今只剩下我一个看不见的对垒

"您们的爱要坚守，而我要离开。
您们的形式为暗哑，而我为辉煌。
您们的天敌是别人，而我的是自己"

如今只剩下一个人对垒，在正背两面
我从未忘记背负的记忆
只是现在我要换副盔甲瓦解黑暗

解咒十四行

"如何启开一张中咒而失语的嘴"
智者不语，敲响十面古旧的羊皮鼓

第一面鼓唤回迷失于三岔路口的魂灵
第二面鼓唤回被一只只鹰叼走的灵感
第三面鼓唤回混于杂草荒芜中所有美的元素
第四面鼓唤回久久遗失埋葬于山岗的辞藻
第五面鼓唤回经苦难和泪水洗涤的悲悯
第六面鼓唤回石头和阳光暴跳如雷的力
第七面鼓唤回漫漫古道部落马帮绵长的耐心

第八面鼓唤回秘同情人快马私奔的激情
第九面鼓唤回怀胎十月的母马旺盛的生殖力
第十面鼓唤回冥冥中神指引一切的方向
当十面古旧的羊皮鼓被依次敲响
火光中一张模糊的脸逐渐清晰起来

邻　居

亲爱的，我们共享一片寨子
一个月亮
在这条熟识的路上
飘浮着洁白如梦的羊群
我们满怀柔情地称这里为家
我熟悉隔壁曲布家的烟草味
以及他父亲独特的咳嗽声
像他一样地爱着他的女儿
以及他的妻子
噢，亲爱的，倘若你一不小心
在夜里从邻村醉酒而返
你一定要记得尽量轻声些
不要让不同往常趔趄的脚步声
落入母亲深如湖泊的睡梦

爱 情

那些年大雪封山
最温柔的土匪们都留在了山上
他们相依为命
借火取暖
从山下带去的酒
传递了一圈又一圈

这些年我通常把人群分为两类
喜欢的，不喜欢的
我们光速地爱上一些人
随即光速地忘记
面对这古老得近似杜撰的故事
不免有些不知所措

我白发苍苍的阿玛呀
至今忘不了
那曾威猛如鹰的阿普
在众目之下怎样将一个荞粑粑
沉默地分成两半
头也不回地递在
他认定为妻的女人手中

从 前

十月，安睡于一张木床上
听到第一滴雨落下的声音
我确信这场雨水与去年一致
幸福准时到达而又不容分说

这是从前的木床从前的雨水
这是从前的耳朵从前的夜
就这么躺着预测从前的幸福丝毫不差
我确信儿时梦里的提灯人已跨过了河流

远　方

我的邻居出了一次远门
给我带来一些远方的消息
但他没能回答我去年那些鹰
所到达的踪迹

一群背布匹的人经过我的村庄
接过我碗中的清水
没有说清楚他们明天的方向
便匆匆消失在路口

秋天深了，暮色已近
直到遭遇这样一种爱
"我不爱你，是为你去获得更好的爱"
终于使我抵达了远方的远

镜　语

除了你，还有谁知晓
驯良一匹桀骜的马
和拒绝一场温柔的诱惑
多么不容易

除了你，还有谁注视

那些迅速而缓慢的过程
我曾苦苦饱满而又无望舍弃
我曾无所事事而又急急奔赴

除了你，还有谁轻易打开
那些不可言说、内敛的伤痛
还有谁窥见那道虚掩的门后
藏有一生草木葳蕤的秘密

除了你，还有谁能予我
对称的爱，毫不吝啬
并同我与生俱来的优点、缺点
到头发花白，唏嘘不已

秘　密

每棵树上都坐着一个孩子
如同先祖说过，每座山里
都住着一个护佑的神
猜不透他们怎样爬上去的
再小的孩子也有他的树可坐
晴朗的好天气和
他们的旧衣服
衬映得鲜明

每棵树上都坐着一个天使
他们的欢笑明亮、干净
没有半点杂质
一股股清泉在树间奔涌
仿佛尘世从未有过污浊

甚至并不懂得危险
风摇着他们高高在上的快乐
有一瞬，当我远远地路遇
那些矮矮的树杈在天穹下
承托着所有幸福的秘密

是谁令沉默无言的大地
忽然转动了起来
并以啄木鸟的节奏
敲响我日渐麻木的心扉

好时光

谁也无法盗走这完全的
私人的好时光
它安静、柔和，闪着
童年印记的粉红
自夜幕初降开始
点亮隐藏于她体内的光

这些光经过新鲜的清晨
喧闹的午后、忧伤的傍晚
终于抵达，把她从白日的
倦怠和虚无中解救出来
重又返回另一个自己

夜的呼吸重又返回耳朵
阅读和聆听延伸了这些
小小的幸福的触须

有一种美好永远无法言说
最后她放弃了更多的分享
回到一株睡眠的植物中去

端　午

六月的雨仿佛没停过
一整条街的清晨
飘散着蒿枝和艾草的清香
许多年来，我不曾这样停下来
被一些空气中的甜打动

我走到哪里，这些细微的甜
就跟在哪里
仿佛它们从未离开过
我诧异于自己太久的迟钝
这世间到底还有多少美
和秘密等着被我分享

还有多少轮回中的修行
被自然而然地一一遇见
我在六月的雨中闭上眼
一张被爱关照的脸庞
正好映在寺庙外的樱桃树下
那时她只需张一张嘴
樱桃们就会情不自禁地掉下来

原载《乌蒙山》2011 年第 4－5 期

荡　漾

王志国

雪下得如此寂寞

雪花飘下来，飘下来
白茫茫的一片
像寂寞
拂过一个人的心头
有着透心的——凉

在迷惘的尘世间
我像一朵被弄脏的雪花
饱含泪水，在生活中奔跑
不敢停歇

我知道，有一天我也会停下来
寂寞地飘呀飘
累了
就在自己的忧伤里
停下来，看一看
自己的一生
是如何慢慢融化

成一滴亲人眼中婆娑的泪

月照家园

微风无力，青草倦怠
只有月光还在寂静的大地上荡漾
只有冰凉的银光还在山冈和草地间
涂抹淡淡的忧伤

那些隔着帐篷幕帘透出来的酥油灯光
摇曳不安
像谁的眼睛，忧郁而浑浊

要是今夜的月光，再移过来一些
吹过头顶的风再轻柔一些
远处更大的黑暗
就无处躲藏了
而那些闪烁的酥油灯
也必将成为今夜草原最美的呼吸

雪　中

薄薄的一层
落在哪里，都是轻巧的
落在哪里，都不会改变一个人
生活的色彩

这是寒冬的高原
我看见一个牧羊的黑脸汉子
唱着牧歌，穿行于瑟瑟的冷风之中

薄薄的雪花，一片一片
落在他的身上
像一双双仁爱的手掌
轻轻拍打着他苦难的肉身

如果不是他突然挥动手臂
甩起响鞭
抖落满身的雪花
我差点误认为他真的把这落向人间的冷
全部都穿在了他一个人的身上

雪花悄无声息地覆盖着能覆盖的一切
在茫茫的雪原上
我看见牧羊人赶着他的羊群

从遥远的天边
把白雪里丢失的道路
一步一步
找了回来

一把生锈的刀

要允许苍茫的岁月
将一把刀的寒气和光芒藏起来
要允许一个人
在生活里学会接受
阳光的锻打和尘埃的掩饰

面对时光的磨砺和生活的阵痛

一把生满锈迹的刀

就是一个在生活的硬骨头间游刃的人

为了收敛锋芒，不刺伤生活

不被生活磨掉锋芒

一把噬血的刀

不得不多穿一件朴素的外衣

大隐于市

开始自己冰冷的抒情

异乡的秋天

我在风中走远

像一粒永远都停不下来的尘埃

没有谁与我同行，除了风

除了身后悲伤的落叶

我的孤独，一直未向谁吐露

让故乡老屋前的小路继续弯曲吧

这苍茫世界里被瓦解的小小背景

经过秋天，经过衰草支撑的澄净天空

留下了一条回家的路，和没有归乡人

巨大的虚空

但在千里之外的小城巴中

秋风还在犹豫，九月菊刚刚露出金子般灿烂的笑脸

没有一天比一天锋利的秋风，没有一天比一天降低的雪线

异乡的秋天里，我比始终徘徊在城外的秋风更迟疑

再怎么努力，也没有完全切入城市的生活

要不是一片浅黄的枫叶突然飘落我的窗前，要不是

这片浅黄的枫叶上不显痕迹的内伤

我一直没有发现，异乡的秋天已经来临

而且，比故乡的秋天更隐蔽，更容易勾起一个人的愁伤

原载《民族文学》2011 年第 10 期

原 谅

沙 马

看看那些灯盏

寒夜里，赶马人在峡谷中穿行
远处的灯盏浮动着橘黄的光
路途迢迢，赶马人一直在路上
山谷里飘浮着兰花烟浓烈的芳香
走几步，看看那些灯盏
仿佛可以触摸或
感觉烈酒的气味和木屋中的火塘

那些灯盏，不是命运的方向
没有任何暗示或指向

对于那些赶马的彝人来说
脚印永远朝着故乡的山冈
看看那些灯盏，
心里清楚，那是别人的村庄
却有一丝温暖，在空气中飘荡

原 谅

落日停息了深秋的空旷

野花呼吸，指尖荒凉

脆弱的心风中即刻变卦

是的，眼眶衰微的阿妈

原谅了孩子的胆怯与迷惘

乌鸦的凶兆，从头顶飘过

一路上，石子细碎、纷乱

怪异的光束，刺破坚硬的面具

渴望的眼睛说出了困惑

爱人原谅了他的盲目与伤感

寻找远方，遭遇魔法一场

许下诺言，内心却空空荡荡

石头原谅了太阳的虚伪

老人原谅了世界的冷漠

大地啊，你要原谅我的荒唐

停 歇

那些风雨可以停歇了

单调的声音，重复敲打着夜色

的忧郁。我恍惚看见遥远的召唤复活了

枝条上的露滴。我的神经

追赶着各种晦暗的冥思。如同

疲惫的人间游戏，永无休止

我知道，虚妄的舞蹈降临

宣告一个神圣节日的开始

蒙尘的额头，尖锐地显现

万物瞬时暧昧的脆弱与恐惧

我是那么无助

无法爬回虚构的岸边栖息

"是的，你拉开了想象的战争，
可是永远也无力战胜自己。"
如此熟悉，那些喊叫，犹如

天边金色的麦子，刺痛大地的内心
伤口被叫醒了
我只能从梦的另一边悄然逃避

原载《中西诗歌》2011 年第 2 期

原
谅

没有什么比莲蓬　更像莲蓬了

娜仁琪琪格

面对季节的春天　泪流满面

我时时感到疲惫　感到困倦
那来自后背的疼痛加快
骨头松软的声音　是多么可怕
时间在暗处露出獠齿　啃噬的
速度加快

又是一年的开始　草绿花开
阳光还是一年之始的春光
温暖　柔和　风跑来
又跑去　仿佛小儿童的新奇与
欢快　它拍拍这儿　又拍拍那儿
要把睡着的全喊醒　可我真的不能
牵起你伸过来的手　只有迅急地转身
当我把QQ上发送的玫瑰说成狗尾巴
你说感伤　而我叫着苍凉
这个时代有多好啊　让我们免除了
面对面的尴尬

二十四楼的高度　让我看到
鸟儿是在下面飞　风是向低处吹

露台上的阳光温暖　玉兰花打开的声音温暖
碧萝上的绿温暖　在这层层的温暖中
我泪流满面　是什么从我的体内抽打着鞭子
打马而过　令我抱紧颤抖的双肩
寒冷席卷着落寞

而此时　季节的春光敲着得胜的锣鼓
把整个春天占领

没有什么比莲蓬　更像莲蓬了

没有什么比莲蓬　更像莲蓬了
像我们柔和的外表　抱紧成熟的
籽粒　像七月的阳光
照亮荷花的脸　许多词语闪烁不定
像一个人的内心　哦　这晶亮　这圆润
这温婉的眼神　词不达意

当我流泪　我无语
几千年的旧梦　踏波而来
除了流泪　还是流泪
残荷断章　弱柳抚风
穿不过的浮尘与烟云　哦
已是无法再现　完美无瑕的瓷器

没有什么比莲蓬　更像莲蓬了
靠紧　分离　怀抱幸福与忧伤
"干后，他们就永远活着"
那唏嘘　那微微的疼痛与
战栗　在尘世之上啊　在芳草之下
在时光的鳞片上　轻轻荡漾

哦　这世界
没有什么比莲蓬　更像莲蓬了

就像我们的爱张了张翅膀

这宁静的时刻　尘俗睡去
打着鼾　磨着牙　伸着懒腰
灵魂脱了壳　翅膀是轻的
薄得又透又明　没有哪一个时刻
让我如此幸福　就像我们的爱张了张

翅膀　就像我抬起头
看到你眼中的湖　看到我的前世与今生

此时　我起身
清晨还远　这样的寂静与幽冥
恰到好处　神灵能抵达的地方
我就能到　他们凭借我手中的笔
诉说——　亲爱的
你不要怕　我是你仁善的
女巫　勾了你的魂
来恨一场　又爱一场
醒来你还是　那得道的高僧

清晨　举着光说到就到
神敛起了翅膀　把某一年的冬天
轻轻折叠　把东三环上奔跑呼叫的人
送走　徐徐掩了那扇门
你不是他　他亦不是你

谁手中的白菊　跌落红尘

橘子剩下最后的一瓣

你的身影逐渐远去，远去——
在灰蒙蒙的天空下，在地平线的
边缘。绿草是那样的广阔啊
很想软软地躺下去。就那样软软地躺下去吧
绿草的芳泽，强有力地吸引着我
绿草的生长，强有力地吸引着我
哦，我空空的躯体
是怎样的渴望着一种充实
一片绿草地的充实——

然而，我没有躺下去
开始奔跑起来，奔跑起来——

吼叫着。风一样快，风一样轻
这时——你走进了地平线的边缘，天的边缘
我那太久太久的守望啊
沉默。沉默着。雾一样轻。雾一样薄

凌晨两点十五分
我在梦中醒来。是在仲秋的梦中醒来
是寂寥的蝉鸣，泼我一身的凉。我在凉中醒来
在你远去的背影中醒来
起身，向着蝉鸣的深处走去
望着天上的那弯上弦月
我想，当时我们那么炽热地相爱
其实就是为了把那枚
闪着阳光的，芳香四溢的，完美的橘子

没有什么比莲蓬　更像莲蓬了

剥开。我们炽热地相爱着
我们疯狂地相爱着。一对被爱燃烧得无知的
孩子

我们相爱着。把那枚闪着阳光的
圆圆的，完美的
橘子——剥开　剥开　剥开……
直到剩下，最后的一瓣
被挂在寂寥无边的天上

时间慢了下来

每天都会有一个时刻
时间开始缓慢下来
停了下来　有时在公交车上
我定是获得了一个靠窗的座位
将头歪抵在那里
一个巨大的筛子　我开始感觉到了它的
摇动　将一些事物呈现在面前
过去是一种最真实可靠的东西

今天　我要在这里停下来
不　是时间在这里
慢了下来　是事件要在这里出现
我从七〇五上走了下来　小雨濛濛地下着
一些不相干的人在眼前走过
打着花花绿绿的伞
仿佛这些都在另一个世界

在一个凉亭中　我坐了下来
七〇五换车了　你还记得七〇五吗

我喝酒了　喝酒的我想起了喝酒的你
有关电话　长夜不眠的呼机
骑车出现在冬夜三点多钟的你
那寂静无边的夜啊空空的大街
我说"你疯了?"
啊，你那双孩子的眼睛

我的泪开始在脸颊上纵横驰骋
我不再阻止它们了　反正天黑了
反正时间停了下来　反正我喝酒了
……
让泪继续着流　让天往下黑

我握住的　是春天的第一个花苞

我握着的是
春天的第一个
花苞　它来自黄河
取之渭水　我攥紧
它就梳理羽毛
——蓄势待发　我五指张开
它就绽放成　吴国的江南
天庭的瑶池　我走动
它就江水如兰　绿树升烟
我微微一笑　北冰洋的企鹅

箭一般地　跃入了融化的
冰川　它们的速度啊
比箭还要快　还要快

原载《解放军文艺》2011 年第 4 期

敬 告

由于编选时间仓促、工作量大，未及与所选作者一一取得联系，请见谅。

现仍有部分作者地址不详，为及时奉上稿酬，请有关作者与经办人姜辛联系。

地址：沈阳市和平区十一纬路 25 号

邮编：110003

电话：024—23284309

邮箱：982251097@qq.com

辽宁人民出版社